A TALE OF
MEMORY WEAVERS

种植记忆

[加] 张 翎 _ 著

GUANGXI NORMAL UNIVERSITY PRESS
广西师范大学出版社
·桂林·

种植记忆
ZHONGZHI JIYI

图书在版编目（CIP）数据

种植记忆 /（加）张翎著. -- 桂林 ：广西师范
大学出版社，2025. 8. -- ISBN 978-7-5598-8474-9

Ⅰ. I711.45

中国国家版本馆 CIP 数据核字第 2025Q1Z373 号

广西师范大学出版社出版发行

（广西桂林市五里店路 9 号　邮政编码：541004　）
网址：http://www.bbtpress.com
出版人：黄轩庄
全国新华书店经销
北京盛通印刷股份有限公司印刷
（北京经济技术开发区经海三路 18 号　邮政编码：100176）
开本：787 mm × 1 092 mm　1/32
印张：6.75　　　字数：85 千
2025 年 8 月第 1 版　　　2025 年 8 月第 1 次印刷
定价：45.00 元

一个男人，一个女人，
和一个不知道自己是谁的女孩

女孩醒了，觉得眼皮很沉。她不知道那是正午的阳光。睁开眼睛，满屋都是黑暗，是那种没有一丝破绽的黑暗。她不记得从前是否见过这样的黑暗。脑子是一片墨汁汇成的海洋，无边无际，无风无浪，看不见一片帆，一簇水草，一丝波纹和粼光。她觉得自己是一只海蜇，浑身长满了触须，却没有一条触须有根。漂浮。漂浮。漂浮。不知道从哪里来，也不知道要到哪里去。她渴望抓住一件东西：一根绳子，一块木板，一截被风吹落的树枝。她只是想念脚点在地上的感觉。她渴望上岸。

"灯。"她喃喃地说。

"你终于，开口了。"

一个男人的声音飘过来，落在她的耳膜上。耳膜告诉她：声音很近，近在她伸手可及的地方。

　　"你是谁？"女孩问。

　　男人的回答来得很慢，仿佛在进行一场世纪心算。男人的脑子和舌头之间隔着一段崎岖的山路，脑子在爬坡，寻找藏匿得很深的舌头。

　　"我是你的，爸爸。"男人说。

　　女孩的额头上鼓起一根细细的筋，眉心蹙成一个结子。女孩在一片汪洋中搜寻记忆。她的嘴唇翕动着，像离开了水面的鱼，却没有发出声音。女孩想问的那个问题长着刺，毛糙糙地堵在喉咙口。等她终于把话吐到舌头上时，已经刮破了喉咙。

　　"我是谁？"女孩喑哑地问。

　　问题落地时，房子颤了一颤。阳光里那些飞舞着的尘粒突然驻足，世界陷入了混沌初开时的那种静默。

　　这个问题并不新鲜，被很多人在不同的年代里问过，在远古的希腊和中国，近代的德国和法国。可是，问这个问题的人中，没有一个是这个年纪的孩子。

男人习惯性地求助于ChatGPT。这是第12版，上个月刚刚推出。其实，远在这个版本正式推出的三个月前，他就已经得到了试用版。他总能在第一时间得到最前沿的玩具——这是他对一切新科技产品的戏称。

"怎样告诉一个失忆的人她是谁？"他输入了问题。他打字的速度有点慢，指头远远落在脑子后边，指头和脑子在做着龟兔赛跑的游戏。

ChatGPT用闪电的速度做出了回答："从最简单的信息开始，比如名字、出生日期、她和你的关系。"

"叶先生。"屋子里传来一个女人的声音。女人的声音很陌生。女孩听见的所有声音都很陌生，但她知道女人的声音比男人的略远一些。耳朵在黑暗中变成了眼睛。耳朵变成眼睛之后，比耳朵和眼睛单独运作、各司其职的时候更加警醒敏锐。女孩听是听见了，却听不出女人的话到底是问候还是提醒。

"如实说就好，不必拐弯抹角。"女人说。

男人的面颊开始抽搐。男人的肌肉在运动时，舌头就不太灵光，很难一心二用。

"你叫陈千色，你是我的，女儿。"男人伸出手来抚摸女孩的额头。他想解开女孩眉心的那个结子。他的手掌很暖和，却不够厚实。女孩不习惯这样陌生突兀的亲昵，就偏过了头。

"她是谁？"女孩用下颌指了指女人说话的那个方向，问男人。

男人没立即回话。男人在默默地向那个女人讨主意。女孩醒得不是时候，男人和女人还没有来得及商量好全套对策。女人的脑子比男人的跑得快，最终回话的是女人。

"我叫安珀，是你爸爸请来的训练师。你可以叫我安珀老师。"女人走过来，在女孩的床前停下。

训练？女孩有些疑惑。可是她没有力气多问，她只想看见。

"灯，点灯。"她说。

女孩觉得有一丝轻轻的气流，在房间里走动，却不是风。是那个叫叶先生的男人和那个叫安珀的女人在无声地角力，看谁最终会去开启那扇谁也不愿意进入的门。

"千色，你经历了一场车祸，大脑受伤，失去了视力和记忆。"终于，女人开了口。

"你丧失了从前的记忆。你的医生预测，你的新记忆能力应该还在，你能记住从现在开始的事。我们会努力帮助你恢复从前的记忆，还有视力。"女人说。

女人的声音很干脆，字和字之间没有多少拖泥带水的粘连。女人说话有口音，口音让语调变得奇怪，一起一落都很昭彰，像落在砧板上的菜刀，咚，咚。刀不锋利，砧板也不硬，剁下去虽有声响，却不凶狠。

"从现在开始，我们要强化训练，恢复你的记忆。我们告诉你的每一件事，刚开始的时候听起来也许没有意义。但是经过一段时间，你的大脑会开始自我学习，慢慢消化输入的信息，绕开损伤区，开辟新的神经通道……"

男人轻轻地咳嗽了一声。

"安珀，这个有点太复杂，她听不懂，也记不住。咱们放慢一点，让她有机会适应，毕竟……"男人轻声对女人说。

女孩听见屋里有些沙沙的响动，她不知道是那个自称安珀老师的女人在纸上写字——是写给叶先生看的。很多年后，当女孩进入迟暮之年时，才偶然在母亲遗留下来的一只箱子里发现这张纸。纸已变脆，皱着黄皮，上面是用马克笔写下的两个大大的褪了色的英文词：tough love（严厉的爱）！

"叶先生，意识复苏的头几天至关紧要，神经元最活跃。她不需要懂，只需要专注，还有，顺从。"女人其实是想说"服从"的，话溜到舌尖的时候，临时改道，变成了"顺从"。

男人不再说话。

"千色，这个训练过程也许很长，需要你的

配合。从明天起，除非你的身体出现特殊状况，我们每天都要进行至少四个小时的对话。记住，是每一天。我们告诉你的每一件事，都在扩充你大脑的数据库。"安珀在女孩的床沿坐下来，捏住了女孩的手。安珀的手很结实，肉里边埋着坚硬的骨头，轻轻地捏，重重的疼，千色不敢动。

安珀说的每一句话都是星外语。千色没听懂，却记住了。千色的记忆是一张白纸，任何一滴水都能渗入，染上颜色。她现在是一个初出娘胎的婴孩。不，她不是。婴孩没有过去，婴孩可以心无旁骛地探索未来。而她不能，因为她曾经拥有过去。婴孩只需要匍匐朝前，而她却需要瞻前顾后。她身上每一块肌肉都隐隐生疼，疲乏铺天盖地地涌过来，卷着她一步一步地接近沉睡的边缘。她只需要稍稍松懈一下，就会跌入那个深谷，永远不用醒来，永远不再疼。

有人轻轻拍了拍她的脸颊："想睡你就再

睡会儿吧。等你睡醒过来，若还记得刚才的事，就证明你的短期记忆力完好无损。"男人伏在她的耳边说。

她的身体抽了一下，突然彻底醒了。记忆是她的绳子和漂木，只有记忆能带她上岸。她不能睡，她怕在睡眠中丢失了刚才的记忆。

♪一群白鸟，飞成 V 队，♪
♪放学之后来相会。♪
♪记得来啊，别掉队。♪
♪白鸟啊白鸟，你往哪里飞？♪
♪归家吧，归家，♪
♪速归。速归。速速归。♪

千色在一阵歌声中醒来。是一个年轻的女声，轻柔快活，没心没肺。这首歌将会是她的闹钟和提时器，早餐，中餐，晚餐，每天播放三次。为什么是白鸟，而不是白鸽？她有点好奇。后来，歌词被日复一日的循环磨平了，只剩下几个扣在节点上的字：鸟，鸟，鸟，归，归，归……她就不再好奇。

睁大眼睛，眼前依旧是一片黑暗。今天的黑暗和昨天的一样，没有更深，也没有更浅。但今天的脑子却和昨天不同了。今天的记忆虽然还是荒原，地面却已经裂开了一条细缝。今天的她知道了她叫陈千色，她的爸爸是一个叫"叶先生"的人；今天的她还知道自己的脑子受了伤——是那个叫安珀的女人告诉她的。

关于她自己，她知道的仅仅只有这几件事实。这几件事实孤零零地站在她的记忆荒原里，彼此近在咫尺。于是女孩就想象着自己手里有一根绳子，她牵着这根绳子，从这几件事实中间走过，把它们拴在了一起。当它们被连成一体的时候，她脑子里突然就蹦出了一个新的事实：她姓陈，那个男人姓叶，所以她姓的不是他的姓。爸爸这两个字太别扭，她只能暂时称呼他"叶先生"。女孩脑袋瓜子里生出的这些想法，在大人的世界里会被称作逻辑推理，而在女孩看来，不过就是把几件看似不相关的事情揉在了一起。

千色。陈千色。

女孩喃喃自语，想坐起身，却动弹不得，身上仿佛压了一块岩石。

"你还不能动。你腿上打着石膏，要过几天才能拆除。"

即使没开口，女孩也知道这是叶先生。女孩现在可以准确地判断身边的人是谁。叶先生的体温比安珀老师高，他走近的时候，她能感受到他身上散发的热气，还有他毛孔透气的声音，嗡嗡，嗡嗡，像蜜蜂在轻轻地扇动翅膀。她的耳朵现在听得见地球的呼吸。

"安珀，她记得昨天的事！医生的预测完全准确，她有短期记忆。"叶先生大声喊道，欣喜窸窸窣窣地碎了一地。

安珀似乎在另一个房间，声音传过来时，隐隐带着一丝回音。

"叶先生，我说过你要相信医生。我们的工

作才刚刚开始。"安珀的语调无波无澜。安珀的
字典里没有"惊讶"二字。

"千色，早饭之后，我们开始第一次训练课
程。"安珀说。

≈≈≈

最初的训练程序和正常的小学课时安排几
乎没有什么差别。每天四节课，早上两节，从
十点到十二点，中午午休两小时，下午再上两
节课，每节课之间有十五分钟的休息时间。

内容的输入方式也与学校的授课过程大同
小异：事先定下的主题，经过反复灌输和巩固，
再进行测试。单元测试，阶段测试，综合测试。
当然，所有的测试都是口头答题。唯一和正规
教育进程不同的是：训练内容并不总是按照事件
发生的前后时间顺序。前一节课还在讲三岁时
居住过的一座房子，下一节课却有可能跳到小
学一年级的某次郊游。在这一点上，叶先生和
安珀达成了牢固的共识：既然人类正常的记忆存

取过程是随心所致、没有预设的时间和空间模式的，那么重塑记忆的过程也该如此。

头几天的内容相对简单，都是一些围绕着女孩身份和生活环境的基本信息。每次十五分钟左右的重复讲述之后，大人和孩子之间就会插入一段诸如此类的对话：

"千色，今天的日期是？"

"2035 年 5 月 23 日。"

"你的出生日期？"

"2027 年 6 月 10 日。"

"请告诉我你现在的年龄。"

"八岁差 18 天。"千色心算了一下，回答道。

安珀和叶先生交换了一下眼神，轻声说："概念和知识性记忆也在。"

"千色，你现在居住在哪里？"

"杭州。"

"说说你的家庭住址。"

"科技园驰骋新村九幢 12 楼 802 室。"

"你爸爸叫什么名字？"

"叶绍茗。"

"职业？"

"人工智能科学家。"

"你在哪所小学读书？"

"科技园附小一年级6班。"

"你最喜欢的课程是？"

"算术。"

"你最不喜欢的科目是？"

"音乐。"

"为什么不喜欢音乐？"

千色默想了几秒钟后，最终摇了摇头："我不知道。"

这是安珀和叶先生都未涉及过的一个问题。安珀挑选了这个问题，是想测试女孩根据已知信息演绎未知信息的能力。这是他们进入训练课程的第四天，老师明显操之过急。

在这个过程中，千色并没有显示出超常的记忆力。这里的"常"，是指八岁孩子的平均记忆能力。对于灌输进她脑子的信息，她大致能够准确复述，但时不时也有犯错的时候，尤其是在相隔一两天之后重温时。她曾几次记错了自己厌恶的食物，一会儿说成花椒，一会儿说成榴梿；她也曾混淆了自己所在的班级，一会儿记成4班，一会儿记成5班。经过纠正之后，她一般能再次给出正确的答案。

他们告诉她的那些事实，简单，坚硬，干涩，落到她耳膜上时，产生的是呲呲的摩擦声，而没有留下任何平滑柔润的印记。唯一的一次例外，是当叶先生谈起了她七岁时做的一件事：她用剪刀铰碎了一件睡衣，因为她憎恨粉红色。叶先生第一次使用了一个带有因果关系的长句子，并且在叙述中引进了色彩。这个例子，她一下子就记住了，而且在后来的反复测试中，始终没有犯过错误。只是可惜，类似这样的例子，后来没有被再次使用过。

这样的训练每天都在进行。女孩像一只仓鼠，在一个封闭的圆环之中无穷尽地奔跑。一圈又一圈，一小时又一小时。她很快对这种强力灌输的方式失去了兴趣。他们告诉她：每一条信息，都是一件曾在她的生活中发生过的事，可是她却没有任何亲历现场的细节，来辅佐建立记忆。他们耗尽心神在她脑子里种植下的，是没有根基的塑料往事。死记硬背留下的痕迹很肤浅，一阵轻风吹过，就被浮尘掩埋住了。训练进入第二个星期的时候，女孩的耐心就见了底。她以惊人的速度，跑完了从不耐烦到厌恶再到叛逆的整个路程，仓鼠的反骨已经长成。

女孩和大人之间的对话不再像先前那样平顺，开始出现答非所问或者问非所答的磕磕碰碰。女孩在听课时出现了明显的心不在焉。时不时地，女孩会拒绝回答某一个她已经熟记于心的问题，却用陌生的话题反问大人。比如在相隔两天的时间里第三次被问到自己的生日时，女孩刚报出年份，就收了口，突然反问："出生的地点呢？我是在哪里出生的？"又比如在第 N 次被问到父亲的职业时，女孩沉默了很久，以至于两个大人都以为她忘了答案。半晌，女孩才文不对题地开了口："为什么我不姓叶？"
还有一次，没等大人开场，女孩就率先甩出了
一个石破天惊的问题："我妈妈呢？为什么你们
从不提她？"

　　每到这种时候，叶先生就显得格外笨拙，
接招的居多是安珀老师："千色，万事有时。训
练进展到一定阶段，我们自然会涉及那些话题。"

　　女孩很快就觉察到了两个大人之间的不同。
和叶先生较劲，就像是一场拔河比赛，居多时
候是他占上风。系在绳子中间的那条手绢，经
常偏在他那一头。可是他若扯过去一尺，她偶
尔也能掰回来一寸，那一寸就是他留给她的余
地。而安珀老师是一块石头，没有缝隙没有毛
孔，不愠不喜，不进不退，不融化也不凝固，
既无法讨好也无法惹怒。安珀老师待在恒态和
恒温之中，纹丝不动。于是，女孩知道她舌头
上的针，只能留着给叶先生。

　　有一天早晨，安珀给女孩讲述她小时候
曾经居住过的那个环境。山地，经纬度，海

拔，气候，物产……一堂生硬拙劣、照本宣科的地理课，没有抑扬顿挫的语气，没有活色生香的事例。女孩听了个开头，就再也听不进去了。女孩已经无师自通地学会了睁着眼睛打瞌睡——她的眼睛反正也只是一个摆设。安珀照常把内容重复了几次，然后要求女孩复述。女孩猝然惊醒，瞠目结舌，忍不住嘟囔了一句："我凭什么信你？你怎么知道我小时候的事？"这原本是窘迫之中的搪塞，谁知一句话竟然堵得安珀哑口无语。女孩突然发现，她舌头上的针，偶尔也可以拿来扎安珀老师。

叶先生站出来救急："千色，记忆重建是一个从零到十的渐进过程，你首先得信任'一'是真实存在的，才可能有后来。"

这话若是从安珀嘴里出来，女孩可能会稍稍收敛一点，可偏偏说这话的是叶先生。女孩立刻知道拔河的游戏可以开始了。她的身体正在渐渐康复，疼痛时缓时急。今天不疼。八岁的孩子像街猫，只要不病，就会撒野。

"你拿什么证明你说的都是真的？要是一就是假的，我为什么要跟你走到十？"女孩亮出尖利的牙齿。

一个智商极高的大人，在一个八岁的孩子面前一败涂地。他想不出一道数学公式，一条物理定律，一套电脑程序，可以拿出来跟眼前的这个孩子证明记忆的真实性。

"很好，千色，你已经学会了质疑。推理和质疑是逻辑能力的表现，你的大脑正在修复。"安珀说。

女孩没有理会。女孩绕过安珀，一寸一寸地逼叶先生："证据，你给我证据，我就信你。"

女孩虽然失去了视力，但总能精准地判断声音的来源。她直直地盯着叶先生，叶先生觉出了疼。

"千色，如果哪天你，你能看见我了，我会有办法向你证明，我和安珀老师说的都是事实。我发誓，以我的生命。"叶先生结结巴巴地说。叶先生每逢着急的时候，舌头就会打缠。

还要过些日子，女孩才会真正明白叶先生的意思。到那时，她会追悔莫及。她情愿在烈日之下赤脚绕赤道跑三圈，只要能追回她说出去的话。只是天下事覆水难收。

"千色，进展不错。我们可以考虑在目前的基础上加快进度。"安珀老师宁静地说。

……

♪白鸟啊白鸟，你往哪里飞？♪

♪归家吧，归家，♪

♪速归。速归。速速归。♪

第二天早上，千色在歌声中醒来，却不想睁开眼睛，黑暗还在，一成不变。裹着石膏的腿上，爬着长长一队蚂蚁，湿痒难耐。她还需要在蚂蚁的啮咬之中煎熬多久？

她身体的残缺，是他们东一块西一片零敲碎打地告诉她的。她最先知道的是失明和失忆——那是瞒不过去的简单事实。即使他们不告诉她，她也能很快识破。后来她才知道她的右腿有两处骨折，胫骨上钉着三根钢钉；再后来她又知道她左手丢失了一小截无名指；再后来她又得知她的右侧颧骨经历了一次小修补。而折断的那几根肋骨，却是疼痛亲自泄密给她的。

她身上还有另外一窝蚂蚁，就潜伏在她左耳后侧的那片幽暗之处。那是另外一个族群，她能明显感觉到它们的不同。它们不是喧哗的暴民，而是沉默的阴谋家，每时每刻都在筹划着防不胜防的诡计。你的左耳受了点小伤，有个小口子，痒是好迹象，说明愈合得很好。那是安珀告诉她的。"小"是这阵子安珀使用得最频繁的形容词，小口子、小伤疤、小缝合、小手术……她该信安珀的话吗？最初她只是有点小疑心，但后来当他们带她去医院复查时，她却在医生和大人的对话里，一点一点地拼出了全幅真相：在那场车祸中，一块车玻璃碎片削去了她的整只左耳，只剩下一个残茬。

耳朵的修复手术，排在了她所有手术的末

尾——那时她还处在半昏迷的状态。他们需要在实验室里培养出采自她自身组织的活体，然后再由一台生物3D打印机，打印出与真耳相似的、自带细密供血系统的复制品。这是一个耗费心神的等待过程。相比之下，那位五官科医生的任务就简单多了，他不过是做了一个简单的固定与缝合手术而已。无论给这个过程贴上多少玄而又玄的高科技标签，说到底，也不外乎是一场可有可无的整形手术，心理价值远超于医学价值，因为她的听力并未受缺失的耳廓影响，几乎完全正常。只是她现在终于知道：她的耳朵，那个在双眼卑劣地背叛她时挺身而出的英雄，那个临危受命的指挥官，原来是个冒牌货。她感到意外，但远谈不上震惊。

这样血淋淋的故事，会让任何一个八岁的孩子吓得尿湿裤子，而那天在医院，她只是静静地听着，面无表情，像一位八十岁的老人般沉着冷静。她仿佛已经预见到，还会有比一只残耳惨烈得多的事情，正匍匐在前面的路口等着她，将她彻底撕碎，抛入万劫不复的深渊。她需要为那个时刻节省地使用每一丝力气。

直到前天，他们才告诉她：从车祸现场送到医院后，她经历了八次手术，在医院住了七个星期，一直睡睡醒醒。无论是手术是昏睡还是清醒，千色都毫无印象。那天她睁开眼睛，吐出"灯"字的那个时刻，是她一切记忆的始点。所有发生在前面的事，都是创世之前的那团混沌。

他们明天又会告诉她什么呢？关于她的身体状况，她无法猜测她到底知道多少实情。假如她的身体是一台机器，她知道还剩下什么，也明白她丢失了一些部件，但她也许永远不会清楚真正的损失程度。他们还在不停地往那张清单上添加内容，天晓得哪一天是尽头。

她闻到了一股香味，是面包。每天早上，叶先生都会去一条街之外一家叫"蓝山"的法式面包店买刚出炉的面包。"这是你的最爱，从前你每天早餐都只吃这家店的面包。"他告诉她。

她的确喜欢这种面包，但她的口味偏好并非来自习惯——她还没来得及重塑关于食品的完整记忆，这只是新记忆带给她的新印象。装面包的盘子就在枕边，盘子里可能还放着一根香蕉，几颗坚果，旁边有一小罐牛奶。那是她每天的早餐内容。可是她今天毫无胃口，连手指头也懒得动一动。失明是一重囚禁。失忆也是。石膏也是。但是哪一重囚禁也无法与强塑记忆的过程相比。他们在她的头颅里放置了一条看不见的肠衣，然后把她的脑子搓成肉泥，灌入肠衣。他们用她的脑子制造记忆香肠。肠衣的口径很窄，脑子被挤得生疼。身体有声带和毛孔，疼的时候可以呻吟，可以喘气。脑子却不能。脑子的疼痛是窒息。

经过了十几天的隐忍，她的厌烦终于在这一刻决堤。堤坝崩溃之后，她惊异地发现，那头等待她的，竟然不是愤怒，而是绝望——是那种走一千里路也看不到头的绝望。八岁的意志建也容易，毁也容易，有时只需要一句话轻轻一碰，就土崩瓦解，一溃千里。"……在目前的基础上加快进度。"这是安珀说的话，就在昨天。安珀给她判了无期劳役，一天比一天严苛。她抗不过，但她可以倒下。抵抗需要力气，倒下只需要安静。

女孩手里已经有了绳子和漂木，可是她却不想上岸了。假如她早知道上岸是一件如此耗费心神的事，也许她压根就不会渴望拥有绳子和漂木。现在她只想重归汪洋，做回海蜇。女孩此刻的心思，若被医生知道了，一定会有一些耸人听闻的说法，比如创伤后应激障碍，再比如临床抑郁症，而在女孩有限的词汇里，她仅仅是感觉累了。

"孩子，你吃一点东西，至少喝口牛奶。没有蛋白质，你的脑子无法生长记忆。"叶先生说。

叶先生的口气异乎寻常的温柔，他没有像往常那样喊她的名字，而是叫她"孩子"。

千色没有力气摇头，只是轻轻地几近耳语似的说了一句话。叶先生半晌才醒悟过来，千色说的是："我不要记忆。"

叶先生沉默了。过了差不多半个世纪那么久，他突然抓过千色的手，贴在了自己的脸颊上。千色的手在上面停留了片刻，突然感觉到了湿答答的液体。不需要任何人告诉她，她也知道那是眼泪。安珀不在。有安珀在的场合，男人不会这样失态。

千色一阵惶乱。她不记得从前是否见过眼泪，他们还没来得及灌输给她关于眼泪的记忆。假如此刻她能走路，她一定会仓皇逃窜。可是她不能行走，只能任由自己的手被捏在叶先生的手里，任由他的泪水浸湿了她的指头。

"别哭，叶……爸爸。"千色颤颤地说。她没有意识到，她刚刚使用了一个石破天惊的称呼。

"其实我只想晒一晒，太阳。"千色说。这不是她此刻想说的话，可是她也不知道她到底该说什么。她的大脑里还没有关于安慰的记忆，她在笨拙地创造新的记忆。

男人安静了下来。"我怎么就没想到，你该晒晒太阳，补钙。我抱你去窗口吃早饭，那里阳光好。"

男人弯下腰，抱起千色。女孩的身体千疮百孔，男人的手需要在石膏和刚刚愈合的肋骨中间寻找安全之地。男人大概很久没有抱过人了，姿势笨拙僵硬，关节嘎啦嘎啦生响，脚板蹭过地面的时候，地板发出凄楚的呻吟。但是男人的肌肤很温热，毛孔在嗡嗡地呼气，千色感觉安心。

男人把千色小心翼翼地放到窗前的躺椅上，拉开了窗帘。黑暗被搅动了，千色眼中涌进来一大团云彩，似乎是暗灰色的，又似乎是褐色的。她知道外边是个风和日丽的好天气。

"孩子，今天我们不上课，放一天假。"男人说。

"为什么？"千色吃了一惊。

"因为今天是你的生日。"

千色终于想起了这个日期和她自己的联系。

26

这是她的第八个生日。不，是第一个。

"她——，知道吗？"千色在"她"字上拖出了一个长音。

"我和安珀老师商量过的。我们给你预备了一个，大大的惊喜。"男人说。

一件叫小梦的生日礼物

叶先生嘴里的生日惊喜，是一个名叫小梦的男孩。更准确地说，是一个在官宣文案里被称为"梦幻者六号"的机器人。

"这是日本大田动力公司开发的第六代情绪型机器人。全身有 352 个自由度，光下臂就有 58 个自由度。这么说，你可能不懂，换个说法你就明白了：他是世界上身体最灵活的人形机器人，没有之一。他可以来回走动，弯腰，扭头，精准调动膝盖、胳膊、手腕和手指，帮你端茶递水拿药瓶子，把茶几搬到你需要的地方，扫地擦桌收拾垃圾。他精通四门语言：英语、西班牙语、日语和汉语，粗通的就不计其数了。他的皮肤是用特殊硅胶做成的，质感接近真人，能感受温度，也有痛感，所以他不喜欢人靠得太近。"叶先生说到机器人的时候，口若悬河，舌头一丁点儿也不打缠。

"小梦的脑袋里装着一个宇宙一样巨大的知识库，但我们已经让客服把小梦的语音语速调整到八岁到十岁的模式。他今天最重要的任务，是陪你聊天。"安珀说。

"机器人，陪我？"千色满脸狐疑。

"他是我们完全按照你梦里的样子打扮的：寸头，蓝布 T 恤，卡其短裤，白球鞋，背一只橄榄绿色的双肩包。只是，我们没法在室内复制你梦中的海滩。"安珀说。

"你能看到我的梦？"千色大吃一惊。

"是的。"安珀简洁地回答。

"怎么做到的，你？"

"科技。"安珀似乎丝毫没觉察女孩语气中的异常。"最近你频繁做梦，快速转眼睡眠阶段很长。这个你不一定懂，简单说就是你的大脑神经元十分活跃。好迹象，继续努力。"

千色只觉得一股热气噌地涌了上来，面颊烧得如同抹了辣椒油。那是赤身裸体般的羞耻。羞耻不需要经验和记忆的引领，羞耻能自己找路。

千色摸了摸四周，早餐剩下的杯盘和牛奶盒子都已经收走了，她唯一可以拿到手的，只是一个躺椅靠枕。她一把抓起来，朝着女人声音的方向扔了过去。她使的劲太狠，差一点闪了胳膊。

"滚！"她气急败坏地喊道。她闻到了唾沫里的腥味，那是声带撕破了。她的眼睛是赝品，耳朵却是真货，靠枕准确无误地飞到了安珀的脸上。安珀的身子噗地矮了下去，蹲在了地板上。靠垫的穗子蹭着了她的眼睛，眼泪汹涌而出。

"要紧吗？要紧吗？"叶先生惶乱地问道，手足无措。安珀摇头，示意他拿过茶几上的手纸盒。安珀扯了几张手纸，压在眼皮上。屋里的空气绷得很紧，空调吹出来的风像沙子。

"陈千色！不许你这样对待你的，老师！"叶先生声音大变。叶先生先前的声音，像是一股从厚壁铁管里吹过来的气，低沉，饱实，带着点隐隐的回音。这一刻铁管还在，却已经破了几个洞；气也还在，却聚不拢一股劲。后来千色就知道了，每逢爸爸连名带姓地喊她的时候，都会换上这副嗓音。还要到更后来，等千色长大到可以回望的时候，她才会懂得那根有了洞的铁管里吹出的气中，包裹着的是失望、疲惫，或许还有万念俱灰。

"梦是我们观察你大脑状况的窗口。"安珀的脸依旧埋在纸巾里，声音却已经恢复了平静，仿佛什么也不曾发生。"其实，一个人想有朋友，并不是什么丢脸的事。没有记忆的人，很难有朋友。小梦是你最合适的聊天朋友，你们可以随便创造话题。"

千色没有说话。那个枕头，已经带走了她埋藏多日的愤怒，现在心里剩下的，只是浅浅的一点愧疚。那点愧疚虽没到让她说出"对不起"的地步，却也足够让她闭嘴。

"我们租了八个小时的服务，从早上十点到晚上六点，正好陪你一整个白天。他已经准备就绪，你只要揿一下开关，他就可以开始工作。"安珀把一个遥控器递给千色，将千色的食指放在一个硕大的按钮上，使了个眼色给叶先生，两人就走出去，关上了门。

≈≈≈

屋里一片沉寂。靠枕已经被放回原处，但是空气还没有复位。靠枕在空气中撕出来的那条裂缝，尚未完全弥合。这本来就不是一场预谋的战争，只不过是一句话追赶另一句，追得太急了，导致了擦枪走火。千色看不见子弹飞过的效果，自己倒被反坐力震了一震。她再也无法确定那个叫安珀的女人身上，是否也有裂缝。

她半躺半坐地在靠椅上犯了半天怔，才想

起了手里的遥控器，就揿下了按钮。梦幻者六号——或者说小梦——的身体抽搐了一下，双手摊开，肩膀耸了一耸，脸朝后微微一仰，仿佛打了个哈欠，眼睛唰地睁开，带着一丝梦中猝醒似的惊讶表情。小梦的动作分解开来，每一帧都和人类天衣无缝地重合，只是一帧和另一帧中间，缺失了一根顺滑的连接线。金属塑料与筋骨血肉之间，差的就是这么一根细线。而这一根细线，却是一道一个世纪也无法跨越的鸿沟。

这一切，千色是看不见的。千色听见的，只是一个清脆童稚的声音："你好，千色，我是人形智能机器人小梦。很高兴认识你。祝你生日快乐！"

"你知道我的名字？"千色有点吃惊，想想又觉得正常，"是他们告诉你的。"

"我还知道你爱吃哪种面包。你喜欢那种烤得焦黄焦黄的，上面撒一层杏仁、碎核桃和葡萄干，最好抹点奶油。"

"也是他们告诉你的。"千色哼了一声。

"我还知道你喜欢游泳。你水性特别好，刚能走路，就会游泳了。不到三岁，就能在家门前的小河里，从这头游到那头。你肺活量很大，有时候淘气起来，会一口气在水底下藏很久，吓唬你外婆。"

千色不禁一怔。游泳，河，外婆。小梦讲到的，是她的每日课程里还没涉及的内容。她这才认真起来。

"你是怎么知道的？"千色问。

"是我爸爸和你爸爸一起输入的信息。"

"你爸爸是谁？"

"我爸爸是日本大田动力公司。"

千色忍不住哈哈大笑起来："我忘了你是机器人。告诉我：谁是我外婆？"

千色的笑声流感似的传染给了小梦，小梦也呵呵笑了。小梦笑起来的声音，不像男孩，倒更像个没心没肺的傻丫头。"千色，我们有一整天的时间可以说话，你可以慢慢问我问题。

不过，我也不知道谁是你外婆。"

千色收了笑，轻轻叹了一口气："跟你能有什么好聊的？"

"你可以试一试嘛。我先给你讲个笑话暖一暖场，好吗？"不等千色回答，小梦就开始了，"有个老师是结巴，开学的时候，来了一位新同学，老师就领大家唱欢迎歌。'来来来，来欢迎，我们都是一家人。'老师一结巴，就唱成了'我们……一家，都是人'。"

见千色没吱声，小梦就敲了敲额头，说："你听过的笑话比这个好笑，是吧？"

"这是我听过的，第一个笑话，我没有记忆。"千色说。

小梦的头微微晃动起来，这是他在进入深度思考模式时的样子。

"没关系，我们一起创造记忆。"在沉默了几秒钟后，小梦终于开口。小梦并不知道，这是他说过的最接近人类的一句话。

千色的喉咙堵了一下。"小梦，我看不见你，我爸爸说你不喜欢人类碰你。"

"我爸爸给我编程的时候，让我和人类一样，要有边界感。所以，只要谁碰我，我就会自动后退。但是他们允许我和人类握手。"

千色听见嘎啦嘎啦的脚步声，知道是小梦在朝自己靠拢。经过几次探索和搜寻之后，两双手终于笨拙地找到了彼此。这其实算不上是真正意义上的握手，只是指尖轻轻勾了一勾。即使只是一刹那，千色也觉出了小梦皮肤的柔软和温暖。

"小梦，你为什么这么大声喘气？"千色惊讶地问。

"因为我皮肤底下有马达、传感器和执行器，需要散热。我眨眼时，也会有咔嗒的声音。那些声音非常轻微，但因为你现在的听力格外敏锐，就会觉得奇怪。希望没有打扰到你。"

千色突然感觉沮丧。小梦似乎在和她玩着一种她叫不出名字的游戏：她进一步，他退一步；她退一步，他又进一步。当她把他当作机器时，他开口说出了人话；当她几乎忘了他是机器时，他又及时提醒。

"千色，我给你来段脑筋急转弯好吗？"小梦的创造者赋予了他一项使命，要他为人类的所有沉默承担责任。每当和人类聊天时，假如他们之间的沉默超过15秒钟，他身上的编程就会自动启动新话题。

"有一个大人和一个小孩，一前一后在公园里骑自行车。前面的大人碰上了一个熟人，熟人问：'后边那个是你的孩子吗？'大人回答说：'是的。'后边的孩子也碰到了一个熟人，熟人问：'前面的那个是你的爸爸吗？'孩子说'不是。'这两个人说的都是实话，你猜猜是怎么回事？"

千色的眉心蹙成一个柔软的线团，想了半天没想出来。小梦得意地笑了："前面那个人是后边那个人的妈妈，笨蛋。"

千色回味过来，忍不住笑了。

"小梦，你能告诉我，我现在在的地方，是什么样子的吗？他们说这是我的家，可是我不记得了。"千色说。

小梦发出一连串轻轻的咔嚓声，那是他身上的照相机和感受器在观测环境。

"这是一个长方形的房间，长7米，宽4米，总面积是28平方米。室内净高2.8米，符合中华人民共和国建筑条例。房间里有一扇大窗，高1.5米，宽2.5米，铝合金的材料，可以两边打开……"

千色喊了一声停："你真是个机器。我没问你这个，我问你看见了什么？"

小梦顿了一顿："对不起，千色，我试一试用别的方式回答你。这个房间没有床，应该不是卧室。墙壁的颜色是亚光白，墙的饰边、地脚线和家具的颜色都是湖蓝色的。屋里的光线很好，这样的颜色组合，让人想起海滩。"

"湖蓝是我最喜欢的颜色，我爸爸告诉我的。"千色说。

小梦"嗯"了一声："我懂了。"

"你能告诉我，屋里都有些什么东西吗？"

千色问。

"靠窗子不远的地方，有一张湖蓝色的布料躺椅，你现在就躺在上边。你的边上有一个相同色调的靠枕，四边缝着橘黄色的流苏。你右手的墙边，摆着一个双开门的木头柜子，上面有一个花瓶，瓶里插着一束淡黄色的花，我相信是雏菊。花瓶边上有两个镜框，一个镜框里是一个大概五六岁的女孩，另外一个是一位穿着蓝花布袍的女人，大概五六十岁，手里牵着一个女孩子，两到三岁，光腿，光脚，穿着一件很短的白色连衣裙。"

"那个老人是谁？"

小梦摇了摇头："我的数据库里没有她的信息。"

"那个女孩呢？我是说那个小的，是不是我？"千色问。

小梦迟疑了一下，才回答："根据我对那个女孩骨骼和五官的分析，有 98.47% 的概率是你。你现在身后的那堵墙边，有一个五层高的木头书架。书很多，一直堆到天花板。但有两层格子没放书，全部摆着泰迪熊。各种各样的尺寸，各种各样的颜色。"

千色眯着眼睛，想象着那些熊勾肩搭背拥挤在一起的样子。

"你去，随便拿一个过来给我。"千色说。

小梦有些为难："请你明确一下指令，你要的是哪一个。"

千色"喊"了一声："我总忘了你是机器，你不懂什么是'随便'。就拿中间的那个吧。"

"总共有两层格子，是哪一格的中间？"小梦问。

千色叹气："天，我怎么跟你说得清楚？你没脑子啊，就上面那个格子吧。"

小梦连连道歉："对不起，我只能执行没有歧义的指令。你等一下，我的动作还没有人类敏捷。为了让我的指头能够根据物体形状和质地调整动作，能准确抓起东西又不会毁坏东西，我爸爸花了整整五年时间。我可能会慢一些，请你包涵。"

千色突然感觉有些羞愧。

一阵嘎啦嘎啦声，脚步远了，又近了。小梦拿了一个泰迪熊，递给千色。千色的指头缓缓走过熊的身体，大致知道是个可以抱满一怀的尺寸，身上的绒毛很厚很软，带着一丝薰衣草洗涤剂的清香。千色把脸埋了进去，轻轻说了一声："小梦，我是不是很招人讨厌？"

"对不起，我不知道怎么定义'讨厌'，不过我可以告诉你我眼里你的样子。你想听吗？"

千色仰起脸来，叹了一口气："小梦，我不知道我长的是什么样子。"

小梦轻轻一笑："千色，你常常叹气。根据我数据库里的资料，叹息不是小孩子常做的事情。你不知道你的样子？不要紧，我可以帮助你，我就是你的镜子。请你放松，让我慢慢告诉你。"

千色躺平了，泰迪熊静静地窝在她的臂弯里。

"你身高 120 厘米，体重约 21 公斤，比你这个年龄的女孩略微矮小一点。记住，是一点点。你的皮肤略显苍白，假如你多晒一晒太阳，吹一吹海风，变成燕麦那样的颜色，会非常健康。你的眉毛有一点点上扬，好像永远都很好奇的样子。你的眼睛，怎么描述你的眼睛呢？这是个难题。这么说吧，假如房间里没有阳光也没有灯光，你的眼睛可以用来照明。很奇怪，在迎着阳光的时候，你的眼睛会有一点点蓝色的反光。你的头发剪得很短，毛茸茸的……"

"我做过手术。"千色辩解道。

"这个样子也好看，但是如果长起来，扎一个马尾，会更可爱。有人告诉过你吗？你是个很好看的女孩子。"

千色的脸唰地涨红了。"你是不是对每个人都说这样的话？"

小梦的脑袋咯楞楞地扭动了一下，说："我不知道我是不是对别人说过，我只记得对你说过。可惜我看不见你走路的样子，因为你的右腿上绑着石膏，脚下垫着枕头。我才发现，石膏上面写着字。"

"是我爸爸和安珀……老师写的。我后天拆石膏，他们说把石膏留起来，以后再让我看。你能先讲给我听吗？"

"等等，我的照相机需要调整焦距。"

一阵细微的咔嚓声之后，小梦说："有中文，有英文，还有一种我不认识的语言。中文是：'通往天堂的路，有时是魔鬼修筑的。'英文的那一句是：'Hope springs eternal（希望永存）'。还有一句我看不懂，或许是越南文。"

千色一脸懵懂。

≈≈≈

小梦的创造者在他身上投注了二十年心血，他没有辜负他们。他是一个效率极高、尽忠职守的机器人，为他花的每一个铜板都值。从千色揿下按钮那一刻起，他就开始毫不懈怠地履行着他的责任。无穷无尽的脑筋急转弯、冷热笑话，各种难易程度的游戏（从猜各国首都到石头剪刀布），还有那些交织在各样杂谈中的千色童年生活碎片——千色自己对此没有丝毫印象。最绝的是小梦可以准确地判断千色的疲劳值，总能在离临界点还有一寸路的时候，切入一个新的话题。小梦的每一个话题都会在意犹未尽的时刻戛然而止。千色不知道，小梦的绝技来自多年的打造。他身上的深度学习和自我纠错功能，能让他从千色的反馈里，神速找到情绪的蛛丝马迹，然后在后续的话题上调整角度。

小梦很快从最初的笨拙中破冰而出，顺应了千色情绪的沟沟壑壑。后来干脆脱离了千色的牵引，把对话的缰绳掌控在自己的手中。小梦不知疲倦不知饥渴，不需要睡眠，也没有内急，更不需要人来慰抚他的情绪。小梦是不耗费燃料的永动机，后劲十足，越聊越进退自如，舌灿莲花，几乎完全没有冷场的时候。千色不免恍惚：小梦到底是机器，是人，还是神？他为什么总能猜到她的心思，有时候，甚至比她自己还快半步？

小梦给千色创造了全新的记忆，她终于可以把连着耳朵和脑子的那根线剪断，单单只用上耳朵，而把脑子搁置在一边。和小梦聊天没有主题，不带任务，她不需要聚精会神，不需要进入那个灌输和反刍的轮回。小梦让她在监狱里放了半天风。她一时还不能适应这种突如其来的轻松和自由，感觉有些失重。她害怕时间走得太快。

当《白鸟归家》的音乐响起，预告午饭和午休的开始时，她向大人们提出要暂停午休。午休是雷打不动的铁规矩，但是此刻千色的语气中也包着铁石。叶先生和安珀经过了几轮的眼神交换，最终同意把午休从两个小时缩短到一个小时——这是他们在这场对峙中的第一次妥协。

千色并不知道，其实叶先生和安珀一直都在另一个房间里，从电脑屏幕上观察着她和小梦的一举一动。她也不知道，在看到她赢了一局语音提示的石头剪刀布游戏，笑得前仰后合、乐不可支时，叶先生差点产生了改变计划的想法。

"安珀，我从没看见她这么高兴过。我们一定要逼着她找回记忆吗？她可以没有过去，只要有将来就行了。"叶先生几乎哽咽地对安珀说。

安珀静默片刻，才说："记忆不一定让人快乐，但记忆使人完整。你愿意在她的一生里，永远缺失那条河的记忆吗？"

"我只是，不忍心。"叶先生叹息道。

≈≈≈

千色吃完午饭，躺下。到此时她觉出了身体的疲乏，开始有了浅浅的睡意。身体想让眼皮合上，脑子却在犹豫。身体和脑子较起了劲，眼皮就像拔河游戏里的那条手绢，簌簌地颤动起来。突然间，她猛地一惊，拄着胳膊坐了起来。处在待机状态的小梦闻声立即启动，啪地睁开双眼，炯炯地看着千色："你醒了？"

千色没回答，却问："小梦，你会做梦吗？"

这个问题自小梦面世以来就被问过多次，被媒体、竞争对手、科学家、政客、伦理学家，在新闻发布会上，在国际展会上，在科学年会上。反复的体验和训练，一轮又一轮的深度学习和自我纠正，小梦应对起来已经轻车熟路。"机器人也做梦，但和人类的方式不一样。我的脑子里可以输入各种和人类梦境高度相似的场景，这些场景从严格意义来说不是梦本身，但是像梦一样丰富多彩、无边无界。我可以通过这些场景了解世界。"小梦的回答听起来天衣无缝、无懈可击，那是金属质地的声音。

"人类能看见，你的那些梦境吗？"千色问。

"当然，我的梦境都是人类输入的，他们预设了我的梦。"小梦说。

千色微微一颤，觉得脚心有点冷："人类能不能控制自己的大脑，不做梦呢？"

"为什么？"小梦惊讶地问。

"我不敢睡觉，怕做梦。我不想，让人，看见我的梦。"千色期期艾艾地说。

在一个熟悉舒适的话题里，小梦猝然被拖进了一条完全陌生的歧路。小梦没有前车之鉴可以借用。他只能用光一样的速度，在汪洋大海般的数据库中寻找任何略微擦个边的线索，然后把它们串成一体。所幸的是，他的创造者在他身上埋下了一根粗壮的骨头，那就是逻辑。逻辑把看似不相干的碎片连接成了一个看得过去的整体。他的回答来得很慢，显然经过了深思熟虑。

"因为你失明，所以当你醒着的时候，你看不见现实世界。但如果你睡着了，你可以看见无数个世界，无数层的颜色，光影，人物，事件。梦给了你眼睛，让你打开通往世界的门，把你从视觉的牢笼里解放出来。我没有做梦的自由，你有。能够自由做梦，是人类巨大的福分。只是可惜，人类永远不满足已经拥有的东西。"

千色怔住。站在混沌初开的记忆门槛上，她突然醒悟：梦给了她一双眼睛，这双眼睛不受视觉神经控制，甚至也不受肌肉的牵制，可以带她天马行空，想去哪里就去哪里，想推哪扇门就去推哪扇门。而带给她这番醒悟的，竟然是一个机器人。她只觉得心里透进了一丝风，凉爽清朗。

"那是，什么声音？"她突然问。

其实，那还远不是声音，只是空气在某个遥远的地方产生了一丝位移，而移动的空气在千色的耳膜上擦出了一丝轻微的颤动。

小梦驻足细听，一时无法分辨。转过身去看窗外，渐渐的，声音近了，有了形状。

"好像是一条船，船上有人击鼓。"小梦说。

"龙舟。"千色突然想了起来，今天是端午节。"我今年的生日落在端午节，他们告诉我的。你把窗打开，我要听鼓声。"千色吩咐小梦。

小梦推开窗，风穿了进来。六月的风身世复杂，气味杂陈。有被昨日的雨搅动起来还没

49

来得及沉淀的河泥味，有被雨打落的旧花的腐殖味，有枝头新窜出来的蓓蕾的酸甜味，有昆虫的翅翼在空中搅起的轻尘味，有刚割过的青草的清香味，也有狗在草地上屙下的屎尿味。六月在江南是个混乱的季节，梅雨刚过，春天已经溃散，夏天正兵临城下。千色的鼻子和耳朵一样，也长满了眼睛，叫她看见了两军对垒时的混乱和生机。混乱和生机原本就是一件事情的两种说辞。

千色朝着声音的方向仰起了脸。黑暗破了一个洞，涌进来一群说不出形状的虫子，灰褐色的，无声地扇动着翅膀，在屋子里胡乱地飞来飞去。

"蛾子，为什么有这么多蛾子？"千色问。

小梦仔细看了看四周。"没有蛾子，那可能是太阳的光斑，落在你的虹膜上。"

"给我讲一讲，你看见的景色。"千色对小梦说。

"有一条小河，在你这个小区外边流过。河

面不宽，从这岸可以清晰地看到那岸。河这岸是新建的住宅区，那一岸是公园，有一片草地，岸边种满了垂柳，也有几棵梨树。柳树飘絮的时节已经过去，梨树也开过花了，可能已经挂果，但我看不太清楚。有一群孩子在草地上放风筝。"

"风筝是什么样子的？"

"大多是鸟类，燕子，凤凰，绶带。最大的那个是一只八爪章鱼，尖尖的嘴，很多条长尾巴。身子是香槟色的，尾巴黄绿交织，眼睛是蓝色的，外边画了一个很大的黑圈。"

河面上飘来的声响越来越近，渐渐变得混杂起来。人声。桨声。水声。两记鼓声，尾随着两声呐喊。或者说，两声呐喊，引出两记鼓声。哎嘿，咚咚；哎嘿，咚咚……桨把水割破了，水没有喊痛，而是发出吱儿吱儿的笑声。

"给我讲一讲船，还有划船的人。"千色请求道。

"只有一条船，不像是比赛，更像是操练。

船是一条狭长的木船，装饰简单，船头上安了一个龙头，可是没有龙尾。龙嘴张得很大。"

"什么颜色？"

"船身是原木色，很亮，可能漆了清油。龙头是黄色的，眼睛是用黑白红三种颜色勾勒出来的。船两边各坐了五位划手，船头上站着一个掌舵的，船尾坐着一个鼓手，他也是领头喊号子的人。鼓很大，大约有一米的直径，鼓面包着皮。鼓身是大红色的，周围钉着一串金黄色的木钉。船头船尾各有一杆三角旗子，也是红色的，四周镶着黄色的穗子。"

"划船的，都是大人吗？"

"鼓手是个胖子，老一些，其他都是年轻人，但没有孩子。"

"穿的是什么颜色的衣服？"

"白色的 T 恤，蓝色的短裤，卡其色的遮阳帽子。"

"是不是，有点像你的样子？"

"我比他们酷。"小梦摇头晃脑地说。"千色，我发觉你很关心颜色。"

"那是因为，我想念颜色。"千色的脸上充满了神往。

船走远了，那是她的耳朵告诉她的。水的声音变了，从最早的吱儿吱儿的笑声，变成了窸窣的碎裂声，最后变成了耳膜上一丝若有若无的摩擦声。咝。咝。咝。千色感觉眼皮沉重起来。现在她可以放心地做梦，因为在她的梦里，一定会有船和水。或者说，水和船。

≈≈≈

不知过了多久，千色突然醒了，觉出身边有人。是爸爸和安珀老师。

"时间到了，小梦要走了。"安珀说。

"天，我睡着了。为什么不叫醒我？"千色嚷道。

"昨天你没睡好，我们不忍心叫醒你。"爸爸说。

"还有最后五分钟，你和小梦道个别吧。"

安珀说。

"千色，我会记住你的。再见，美丽的小女孩，晚上睡觉做个好梦。"小梦把手递给千色，依旧是指尖和指尖的轻轻一踫，却和早上的那一碰不一样了，已有相知和熟稔在里头。

"小梦。小梦。"千色反反复复地叫着他的名字。有很多话堵在喉咙口，齐齐地排着队，你看着我，我看着你，却哪一句也不肯冒头。大人在场，空气不再流动。千色还没来得及想出一句合宜的话，只听得嘟的一声，小梦的程序终止了。

"再给我五分钟，让我跟他把话说完。"千色央求道。

"太晚了，程序中断之后，小梦就不会记得你了。"安珀说。

"小梦说过，他会记得我的。"千色只是不信。

"为了防止个人资料泄露，聊天对象的所有信息，都会在任务结束之后，立即从小梦的数据库里清除。所以，即使你再次启动他，他也不会记得你，还有你们之前的谈话。"安珀解释道。

"瞎说，我不信！"千色嘶吼。

"好吧，你可以自己试一下。"安珀把遥控器塞入千色手中。

千色按下了揿钮。一串太极拳似的肢体扭动之后，咔嗒一声轻响，小梦睁开了眼睛："你好，我是人形智能机器人小梦。请问有什么可以帮到你吗？"小梦的声音变了，变成了一个年轻的女人，带着客服人员有求必应的温柔亲切和遥远陌生。

"小梦，我是千色啊，你不记得啦？"千色的嗓音里裹着最后一丝希冀。

"对不起，我的信息库里没有这个名字。请你提供更多的身份信息，我可以更好地了解帮助你。"

安珀没有撒谎，小梦果真已经将她遗忘。安珀把小梦带进她的生活，小梦把她拽到了快乐的云彩之上，再挥挥手把她掸回平地。其实平地一直都在，但有过了云彩，平地突然就成了深坑。千色不再说话，只是仰着头，定定地看着天花板。"看"在这里当然只是个胡乱抓来顶替的词，其实没有任何词语，可以准确地形容一个瞎子死死盯住一个方位的样子。千色的眼中渐渐蓄满了泪水。

叶先生的手臂抽搐了一下。他不知道他该不该伸手过去搂住他的女儿，或者捏住千色的手。男人在这些事上总是有些笨拙。安珀扫了他一眼。安珀的眼神像一枚钉子，一下子把叶先生钉在了原地。叶先生知道安珀想说什么。"有些过程是必要的，长大是一件孤单的事。"这是安珀没说出口的话。

这时有人敲门，是大田分公司的人。他们是按合同规定的时间来取回小梦的。这样的事他们已经操作过多回，每一个步骤都轻车熟路。小梦被剥去衣装，从腰际分离开来，然后卸下四肢和头颅，裹在泡泡纸里，用胶带封住，小心翼翼地抬了出去。一个有趣的身体，或许还有灵魂，瞬间被肢解成一堆金属、塑料、硅胶、集成电路板、马达、执行器。创世经过了二十年，拆毁却只需要几个瞬间。千色没看见这个毁坏过程，她只听见了一些叮叮咣咣的声音，还有零星的对话。道谢，文件签字，用户体验回馈，押金退返程序。

人走了，屋里一下子安静下来，只剩下厨房里钟点工准备晚餐的锅碗瓢盆磕碰声。

千色的眼泪终于流完了，颊上的泪痕结成了两条光滑的小径。

"你想念小梦，是吗？"安珀问。安珀在撕伤疤，眼睛都没有眨一下。

千色一动未动，眼睛依旧盯着天花板。眼里依旧有光，光像出鞘的刀子。是恨。

安珀不怕刀，不怕疼，不怕血，也不怕恨。千色错了，这个叫安珀的女人，身上确实没有毛孔。

"除去你午饭、午休和下午计划外的小睡，

你和小梦在一起创造的记忆，总共是 6 小时 39 分钟。我知道你舍不得。但你想过吗，在见到小梦之前，你已经在这个世界上生活了整整 8 年。8 年是个什么概念？除去每天 9 小时的睡眠——这是粗略的平均数，你小时候可能睡得更长一些。其实睡眠里有梦，梦也是记忆的组成部分。按最保守的算法，一天除去睡眠还剩下 15 个小时，一年 365 天，是 5475 个小时，8 年里你和这个世界建立了 43800 个小时的记忆。那些记忆，你就愿意舍弃？你愿意像小梦那样，一生记忆都在归零？你愿意把那 43800 个小时的记忆，像掸灰尘那样，从你一生中轻轻一抹，全部清除？当有一天，你的亲人，你童年一起长大的朋友，在路上遇到你，和你谈起童年往事的时候，你对他们说：'对不起，我不认识你。'你愿意过这样的日子吗？"安珀淡淡地说。

安珀的话里没有抑扬顿挫，但每个字写出来，可能都是粗体、斜体，标注了下划线的。

千色的嘴唇翕动了一下，却没有发出声音。

没人猜得出来，被那两片嘴唇最终拦截住的，是不是柏油一样黑的诅咒。

叶先生轻轻咳嗽了一声，打断了安珀。"安珀老师，你去厨房看一眼，小陈今天，是不是照你的食谱买的食材？"小陈是钟点工，负责烧菜做饭和打扫卫生。安珀在这个家里的角色复杂，几乎无法清晰定位。她是训练师，也是营养师，决定着千色每顿饭的营养构成。当钟点工请假的时候，她也客串家政助理。

安珀立刻明白了叶先生的意思——他想把她支走。叶先生心软，事后又会为自己的心软懊悔。叶先生比任何人都明白情绪是科学的死敌，可是科学在儿女亲情面前，有时也溃不成军。他就是管不住心软，所以他不想让她看见那些有可能犯低级错误的尴尬瞬间。他们共事的时间还短，尚在磨合之中，虽然谈不上完全默契，却也很少有剑拔弩张的对峙。她逼近一步时，他通常会退后一步。当他坚决不肯退却时，她总能在他的怨气酿成怒气之前，适时磨平自己的尖角。他们都明白彼此是同盟。

安珀离开房间，带上了门。

≈≈≈

"千色，有件事，爸爸想了又想，还是决定告诉你。"

叶先生的开场白经过了一整个下午的排练，虽然还是忐忑，但忐忑里却已经裹了细细一根铁丝。"在你七岁的时候，曾经测试过两次智商，结果很稳定，都在 130 到 132 之间。也就是说，你是个智商很高的孩子。假如你冷静下来，是可以理解我要说的事情的。"

空气瞬间凝重起来，化成了果冻。

"那次车祸，让你的视力和大脑管理记忆的部位受到严重损害，我和安珀老师决定……"

"她也在场吗？你不是说她是你后来请的训练师吗？"千色突然在爸爸的叙述中，找到了一个先前不曾发现的漏洞。

叶先生没料到他会在尚未拐入正题时遭遇

狙击。132的智商产生的反坐力，让他失了章法，步骤踉跄。"她是，是我事发不久请，请来的。"

"她怎么会知道我小时候的事？"千色穷追不舍。

他停顿了一小会儿。就在这几秒钟的沉默中，他匆匆构筑起了一套简单的防御机制，以后他会一直沿用这套机制，以不变应万变地抵御千色的各种突袭。"这个问题有点复杂，我以后会慢慢讲给你听。不过我可以告诉你：安珀老师懂越南文，你在越南生活过一段时间，所以，我请她来帮忙。"

千色的鼻孔里挤出了一股气流。这股气流有多种解释，可以是一声略显沉重的呼吸，也可以是一个简单的清理鼻腔分泌物的动作，也可以被理解为怀疑、轻蔑，或者嘲讽。

"其实，她，安珀老师，不是你梦里的那个样子。真的不是。有时候，冷漠和克制，是达到一个目标的，某种必要的，途径。"叶先生越想认真解释一件事情，听上去就越像是在撕扯一团破布絮。

梦里。被偷窥的耻辱，再次轰的一声涌上了千色的脸颊。靠枕就在身边，她已经捏住了一个角，但她还在犹豫不决。靠枕只能发泄愤怒，而耻辱是一个更狡猾的魔鬼，靠枕不总是管用。

"我们在你的大脑里，植入了一个 BR3 芯片。BR 是 Brain Restore 的缩写，是恢复脑功能的意思。这个芯片带有许多非常微小的，神经探针，可以观察，你脑细胞的工作状况——这也是为什么，我们能看见你的梦。它会刺激你受伤的脑区，让其产生，新的神经连接通道。我们在这个芯片里，输入了你大量的，记忆碎片。我们每天上的课，都是在扩充，你的记忆库存。只是，这些储存在芯片里的数据，必须有你自己大脑的参与，才可以激活，才能重新植入你健康的脑区，成为，永久记忆。"

屋子里陷入一阵沉默。沉默是两个大人和

一个孩子之间经常发生的事，但是这次的沉默与哪一次都不相同。这一次的沉默是站在十九层地狱门前的惶恐。八岁是一道分水岭，一边是无知，一边是懂事，半步踏错，就有可能坠入任何智商和科学都无法解救的深渊。他开始后悔对千色说出真相。恐惧如冰冷的泡沫泛上来，堵住了他的喉咙，他感觉呼吸艰难。他惶乱地在泡沫中间刨路。

"你不是第一例，植入芯片的人。早在十一年前，美国就推出了，第一个人机接口的，案例。那个技术，已经落后，现在看来。但你是年龄最小的植入者。应该说，你，你创造了历史。现在你应该明白，为，为什么会有那些，严酷的训练课程。"

"主管植入手术的，是一位世界顶尖的，脑神经外科专家。你的芯片，是最新研究成果，爸爸实验室的，可以装载 20000 个电极，是目前世界上电极数量，最多的。你是科学的孩子，爸爸不希望你，像别的孩子那样软弱，无知，只，只会哭鼻子，在不了解的现象面前。"

在开口之前，他已经把台词背得滚瓜烂熟。肌肉和记忆都可以训练，唯独情绪不服管教。真到开口的时候，他依旧颠三倒四。

BR3。大脑植入芯片。电极。脑神经外科。人机接口。叶先生的每一句话里都包着一粒石子。石子不大，也不尖利，劈头盖脸地甩过来的时候，不致命，甚至也觉不出疼，却是一种猝不及防的懵懂和麻木。

"我的脑子里，有一块铁？"千色喃喃自语。

"不是铁，是一个用生物相容性材料做的，芯片。小小的，像一块硬币。缝合得很好，几乎看不出疤痕。"

"我不要做，科学的孩子。我就是要做，别的孩子，想哭就哭，想笑就笑，想记就记，想忘就忘。"千色的鼻翼轻轻翕动一下。她有太多的事情可以哭，为那些她不知道却要记住的过去，为那些被劫持了的梦境，为那个来了又走、绝情绝义的小梦，为那份熬也熬不到头的、每一句话都要像牛饲料那样吞下又反刍的日子。她不知道该为哪一件事哭起。可是她惊奇地发现，她竟然没有眼泪。她的眼泪，已经跟着早上的那个靠枕甩出去了。

一个没有眼泪的孩子。

"骗子！"千色声嘶力竭地喊道。

"千色，你冷静一点。芯片植入是可逆的。假如你真的，不愿意，继续下去，我们可以终止训练。世界上有些人，因为各种原因失去了记忆，他们也是有可能，快乐简单地，生活下去的，只要你满足于那样的生活。"叶先生在简单两个字上，加上了重量。他已经把最难的话说出来了，那样的关隘之后，什么都已是坦途。

"我们可以联系医院，安排取出 BR3。那是个安全简单的手术，只要预防感染就行。"叶先生说。这个决定是今天他和安珀商量过的。早上挨的那一记靠枕，突然就把安珀打醒了，她和他同时意识到：强制的绳索，已经很难捆住一个八岁孩子的心了。

"吃饭啰……啰……啰……"厨房里传来小陈用汤勺柄敲击锅盖的声响。小陈预告三餐的方式，听起来像召唤小猪猡，有一种没心没肺的野蛮欢喜。

"我去给你端饭。"叶先生起身朝厨房走去，突然如释重负。他知道自己犯了一个严重的错误：他高估了智商的作用。智商只能解决世上很少一部分的问题，而一个八岁孩子的心，却是智商的光亮照不到的死角。他在幻象的泡沫中艰难地刨路，每一条貌似通途的路，走到跟前时，才发现都是死胡同。面对一个支离破碎的女儿，他心力交瘁。

"你们必须，取消考试。"

他已经走到门口，突然听见千色从身后说。他疑惑地转身看着千色，半晌，才明白了那话里的意思，一时怔住。

"好，不考，不考。我们从小梦那里，学到了很多东西。你爱听小梦讲故事，我们也给你讲故事，好吗？一个一个的故事，像《一千零一夜》那样，不再强求你，死记。"欣喜来得太意外，叶先生捧不住，狼狈地洒了一地。

"我要出门，每天，晒太阳。"千色继续讨价还价。

叶先生连连点头。"等拆了石膏，我们每天带你，去公园散步。"

千色露在石膏筒外边的那只脚，大拇趾轻轻抽了一抽，那是对阳光、树木和草地浑然不觉的思念。

"假如你们再对我撒谎，我就随时喊停，彻底的停。"千色说。

第一个故事:

一个玩虫子的女孩

讲述时间: 2035 年 6 月

发生时间: 1992 年—1999 年

"千色,我知道你不喜欢我。'不喜欢'是很客气的说法,我相信你恨我,是咬牙切齿的那种恨法。你曾经多次试探我,看我会不会退缩,可是我不会。我不像叶先生那样心软。在错的场合里心软,只会误事。这话我是当着叶先生的面讲的,我不怕他恼火,因为我知道,我要是稍稍让步,就有可能错过你大脑康复的最佳时机。假如总要有人扮演魔鬼的角色,那就让我来当那个魔鬼吧。通往天堂的路,有时是魔鬼修筑的。我把这句话写在你的石膏筒上了,希望你以后会明白其中的道理。"

"叶先生和你做了妥协，答应以讲故事的方法，取代先前的硬核信息输入。而且从今往后，不会再强求你记住我们上课的内容，也不会再有测试。这事若事先和我商量，我也许不会同意，尽管我也觉得，对于你这个年龄的孩子来说，讲故事是个更有趣更容易记住的方式。但我也有我的坚持：我们每天训练的课时一点也不能削减，你可以用主动提问的方式，来取代从前的硬性考试。除此之外，我不会再退让半步。假如叶先生再擅自作主，改变训练程序，我会立刻辞职。我是他请来的训练师，我最重要的责任，是我的职守。千色，你不用喜欢我，更不需要爱我——我从来没指望过爱，爱使人愚蠢。我只希望你能像任何一个智力正常、讲道理的孩子一样，尊重我。尊重可以走很远的路，能走到喜欢和爱都走不到的地方。"

"今天你的骨科医生在处理一个紧急病例，我们得在医院里多等一会儿。等他给你做完检查，才能决定拆不拆石膏。我们不要浪费时间，趁这个空当，我给你讲一个故事。这是我们的第一个故事，请你耐心一点。说不定，在听的过程里，你会产生兴趣。"

≈≈≈

有一个女孩，在她出生的时候，父亲给她取名叫琥珀。那天清晨下过一场雨，是那种雨点有些稠黏的雨。女孩的父亲在屋后的林子里寻找可以采摘的木瓜。林子里种了许多果树，龙眼、牛奶果、番石榴、波罗蜜、莲雾、芒果、木瓜……父亲认识每一棵果树，在它们长成为足够粗的树秧时——那时候他自己也还是个孩子，他曾在树身上刻下栽种的年份。有的年份已经是近二十年前的了，刻痕被成长的力量撕扯得歪歪扭扭。木瓜的采摘季节尚未到来，但父亲希望能从一簇簇青果中，找到一两个面颊上泛起隐隐黄斑的初熟之果。妻子快要生产，有些嘴馋，想要吃木瓜银耳羹。他可以把尚未熟透的瓜放到阴凉避光之处，旁边摆几个红透的西红柿——这是这些年里他学会的最有效的催熟方法。

那天父亲走过一棵刻着 1978 年日期的木瓜树时，突然被一个木瓜吸引住了。这是 14 年前种下的树，垂垂老矣。虽然结实一年比一年少，但结出的果子依旧壮硕。离他最近的那簇木瓜之中，有一个身形奇大，大得几乎像冬瓜。瓜肉尚硬，通身青绿，上面歇着一滴大大的水珠，那是残留的雨水。那水珠之下压着一只蚂蚁，蚂蚁被阳光照得黄澄澄的，触须和每一条腿都纤毫分明。父亲呆呆地看着，心有所动。回到家，适逢妻子阵痛发作，生下了一个女儿，于是就有了琥珀这个名字。

父亲随他的父亲来到这个地方的时候，这里还是一片野草丛生的山地。他们在这里安定下来，平地开荒，栽种稻谷玉米蔬菜和水果。他们没想在这里长住，每年的耕种多少都有些三心二意，心底总觉得那是最后一季。西贡堤

71

岸区那座冬暖夏凉的三层楼房，才是他们的家，这里不过是一个躲避风雨的临时栖身地。在这样炎热湿润的气候带里，插根筷子都能长出绿芽，土地可以被马虎对待，时令一到，总会奉出或大或小的年成。

女孩的父亲是华侨，祖上是大明王朝的顺民，为逃清兵来到了越南——那时还叫安南。他们已经在越南生活了三个多世纪，家族里的男丁都是中医，女眷也粗通医术。而这份祖祖辈辈传下来的手艺，却终止于女孩父亲这一代，因为时代变了。只是女孩的爷爷当时还没有意识到这点，依旧逼着儿子们读古书，写汉字，背药方，所以父亲才会给女儿取琥珀这样的名字。越南闹"排华"的年代里，女孩的爷爷不想逃到国外去，就早早把家产贱卖了，变成黄金和美元，和一位朋友带着家小来到这片边远的山地，半靠家当，半靠开垦种植为生。二十多年后时局平定，女孩的爷爷死了，他的子女都陆续回到了西贡，只有女孩的父亲和舅舅一家依旧留在此地。女孩的父亲来此地时才四岁半，这里几乎是他的全部记忆。他不想有另外的记忆。于是，女孩琥珀就在这里出生。

女孩的母亲是随爷爷一起迁居此地的朋友的女儿，也是华侨，只是血统比父亲复杂——母亲的外婆是越法混血儿。女孩的母亲中文不如父亲好，也没读过那么多书，就觉得"琥珀"那样的名字太难写，也叫不顺口，就给女孩取了个小名叫阿娇——娇娇女的娇。琥珀是大名，阿娇是小名，父亲喊她琥珀，母亲喊她阿娇，她都一视同仁地答应。父亲在她五岁的时候突发心脏病辞世，家里再也没有人喊她琥珀。她是在"阿娇"的名字里长大的。只是她一路长大，既不像琥珀也不像阿娇，她几乎不像个女孩。

她性子平稳，很少哭闹。还是婴儿的时候，饿了偶尔哼一下，一有奶头就马上住声，几乎不需要人抱。放在吊床上，盯着趴在玻璃窗上的一只蜻蜓，或者天花板上倒挂着的一只蜘蛛，就可以自得其乐地待上半天。

渐渐长大，她的皮肤长成闪着阳光的麦色，五官浓烈清晰，不喜欢扎辫子，穿裙子，或者照镜子。天气炎热，为了方便洗头，母亲给她剃了光头。等她长到十几岁上中学时，也还不肯留长头发。直到成人，她都剪着很短的发型。她的提包里或许会有一支凡士林手霜，但从来不会有化妆品、香水、镜子之类的玩意儿。

她的父亲走得早，母亲没有再嫁，他们没能给她带来弟弟妹妹，但是舅舅家有许多年岁相仿的表兄弟表姐妹。她不喜欢男孩，男孩太闹，随时随地制造噪声和战争。可是她也不喜欢女孩，女孩太作，她受不了她们的大惊小怪和随时爆发的傻笑。她觉得自己不是男孩也不是女孩，但她不知道男孩和女孩之外，是不是还有另外一种性别。她没有朋友，但她丝毫也不感觉寂寞。她另有一个世界。她的世界，就在她屋后的空地和稍远一点的那片果林里。

她可以几个小时不吃不喝地趴在地上观察

蚂蚁，和蚂蚁玩着无休无止的游戏。在大雨将至的傍晚，她看见两队大小形状无异的蚂蚁从各自的巢穴里蜂拥而出，各行己路地寻找着免受洪涝之灾的新居。她从厨房里搬出蜂蜜罐子，用水调出稀液，在两个蚁群之间洒出一条线。蚂蚁开始顺着这条线前行，相逢，在触角相撞的那一刻，却又猝然改道，仓皇逃窜。女孩就用铲子，把距离最近的两队蚂蚁铲起来，分别装进两只玻璃瓶子，放进冰箱冷藏。几分钟后，它们冻得麻木了，她就把它们混在一只瓶子里，猛烈摇晃，强行混合。待它们复苏后，再放回原地。她发觉它们不再彼此排斥躲避，而是成了一个你中有我我中有你的大军团。于是她知道：蚂蚁是因为巢穴的气味而相聚或者相斥的。

她兴高采烈地把这个发现说给母亲听。母亲从十字绣的绣绷里抬起头，看着她，迷迷茫茫地应了一句："真好。"这就是母亲对她所有异想天开的事情做出的通常反应：不懂，也懒得懂，却盲目纵容。

屋后的果林在一片狭长的土地上。穿过最窄的那一端，就有一条小河。河在这里是夸张的说法，用溪可能更合宜一些。阿娇刚刚识字时，就查过一份标志得很细的分区地图。她用放大镜反复走过每一条细如发丝的河流，也没有找到这条河的标注。它大约是有来路的——世上万物都有来路，但她不知道它是否有去路，它极有可能流下山后在某一个地方悄悄地枯竭消失。她喜欢它的无名，它的渺小，它的不被打扰。她悄悄地给它取了一个名字，一个只有她自己知道的名字，这样她就觉得河是她一个人的。一个人拥有一条河流，她觉得富可敌国。

河边有一小块空地，母亲和舅妈种了一片葵花。这个地方种葵花的人少，两个女人仅仅是为了解馋：她们都爱吃葵花籽。其实她们只是在播种和收籽的时候使了点小力气，其余便都是老天爷的事。雨来了就来了，太阳落了就落了，每年总会有一片金黄。

阿娇会一个人待在河边，看水，看葵花，

看蜜蜂绕着花盘一圈一圈地转。她想等蜜蜂转晕了头，摔落在地上，可是她总也没等到。她等得无聊了，就发明了一个新游戏。她捡了一根树枝，在头上包了一圈烧烤用的锡纸，然后把树枝捅进蜂蜜罐子，蘸上蜂蜜，再拿回来放在葵林中。很快，树枝上就密密麻麻地爬满了蜜蜂。她用毛笔蘸着红墨水——笔和墨水都是爸爸的遗物，在蜜蜂身上滴下红点作为记号。她拎着粗黑蠕动的树枝，沿着河边走了很远的路，一直走到她再也没有力气，才把树枝远远地扔了。

第二天，她回到葵林，花还是花，太阳还是太阳，蜜蜂也还是蜜蜂，却不知是不是她扔掉的那一群了。她走过一棵又一棵的葵花，细细查看，终于在一个花盘里，找到了几只红色的蜜蜂。那天回家，吃晚饭的时候，她对母亲说："妈，蜜蜂认得回家的路。"母亲夹了一只鸡腿，放在她碗里，笑笑，说："本来嘛。"

她不止一次被蜜蜂蜇过，却从来没有当回

事。有一回伤口发炎了，蔓延成杯子大小的一块红肿，妈妈骑着摩托车带她去山下的诊所看病。伤口已经溃烂，医生只好剜了小小一块肉止损，从此她的右手腕上就留下了一个浅坑。"不是蜜蜂的错，是我没洗手就去抓痒，指甲里有泥土，细菌感染。"她对医生说。医生忍不住笑："等你再长几岁，我雇你当我的助手。"

等她略微长大些，她对昆虫的探究，就又长了一个段数。她很早就学会了观察，但现在她也学会了记录。有一天，她用爸爸留下的放大镜，观察饭桌上留下的几粒米饭。随着她不停地调整放大镜的距离和角度，米饭变成了一蓬棉花，一座山，一堆岩石。她惊奇地发现光滑油亮的饭粒里，竟长满了丑陋的窟窿。就在这个时候，一只贪食的苍蝇飞到了米粒上。她把放大镜的聚焦点对准了苍蝇，意外地看见苍蝇的翅翼开始抽搐，身体渐渐缩小，最终化为一个冒着烟的小炭粒。从此，米饭、阳光、放大镜就成了苍蝇歼灭战的常规武器。她仔细地记录下了体积、时间和光源的相互关系，而且慢慢知道了，假如她在放大镜镜面上滴一滴水，可以更快地升温。

再后来，她就对更大体积的动物产生了兴趣，她开始观察记录家里鸡鸭的日常生活。什么体型的鸡最能下蛋，怎样在阳光下目测鸡蛋的新鲜度，怎么样搁置鸡蛋可以储存得更久……有一次，家里最能生蛋的那只莱克亨母鸡，因吞食了一根橡皮筋无法消化而奄奄一息。阿娇捆住了鸡的翅膀和两腿，拔去鸡胸脯上的毛，抹了碘酒消毒后，用母亲绣花用的小剪子和针线，剪开鸡嗉子，取出橡皮筋，又细细缝合了回去。鸡在地上躺了半个小时，突然站起来，跟跄了一下，健步如飞。在旁边看热闹的舅妈对母亲说："你家阿娇将来可以当兽医。"母亲说："兽医好，她不怕血。"

这一切，都发生在阿娇上学之前。阿娇上学很辛苦，妈妈要用摩托车驮着她，骑三十分钟的路到车站，然后坐一个小时的公共汽车到学校。学校让她失望，总不如河边的那片林子好玩，但她还是天天去上课。

她长大后，并没有成为动物医生，而是成了哈佛医学院附属医院的脑神经外科专家。

≈≈≈

安珀的故事讲完了，千色从头到尾没有出声。安珀想问，话几次已溜到舌尖，最后还是咽了回去。不再强求记忆、索取反馈，这是他们答应千色的条件。她不想在第一天就破了规矩。

终于等来了骨科医生。拍完片子拆完石膏，三人坐车回家。就在大人们都以为千色已经忘记了这个故事的时候，千色突然开口。

"阿娇是我的妈妈，对吗？"

安珀窃喜。"你猜到了。但阿娇不是她的大名。除了在家里，没人用过这个名字。"

"给我动手术植入芯片的，就是我妈妈？"

"可以这么认为。芯片的纤维线比头发丝还

细，肉眼无法精准植入，是特制的机器人操作的。但是你妈妈，她操控全程。"叶先生解释道。

"小梦说我的眼睛里有一点蓝色，那是因为外婆的外婆？"千色又问。

"BR3 已经学会了，逻辑推理。"爸爸轻声对安珀说。

"是的，千色，那是基因的力量。太阳照进你眼睛的时候，会有微微一丝湖蓝。大雨打湿你的头发时，你的头发会起一点卷子。"安珀说。

"我看不见。"千色说，听不出是叹息还是埋怨。

"但是你可以想象，太阳升起来，却还没有升得很高的时候，背着光的河面，是什么样的颜色。墨黑中夹杂着一丝轻轻的亮光——那就是你的眼睛。"

"我的石膏上有一行字，小梦也不认得。是越南文吧？"

"是的。是安珀老师写的。"叶先生解释说。

"说的是什么？"

“Cuộc sống là một dòng sông。”安珀说。

“生命是一条河。”千色喃喃地说。

“你记得，越南话？”叶先生惊呼。

第八个故事：

一个居住在数字和方格里的男孩

讲述时间：2035 年 6 月

发生时间：1989 年—2007 年

　　"千色，这几天，我们讲了一些关于你外公的事，说到他是怎样跟着他的父亲和一大家子人，通过层层关卡，有惊无险地从西贡逃到山区，从一个有奶娘仆人司机的小少爷，变成一个懂得耕种，认识每一种水果的农夫。那些水果，从前都是别人切好了，铺在冰块上，用水晶盘子装了送到他嘴边的。"

　　"我们也讲了你外婆的绣花手艺。你外婆曾经在一块一尺见方的白布上，绣了一百只蝴蝶，没有一只是雷同的。每一只都栩栩如生，摆在阳光下，它们似乎会随时飞走。她把这件绣品保存了多年，想等到她的独生女儿，也就是你妈妈，结婚时，做嫁妆用。可是你外公死后，家底渐渐虚了，她不得已托人，把它卖给了一个正要嫁女儿的商人。"安珀说。

"后来，你妈妈考取全额奖学金来到美国留学，在波士顿的一家民间艺术收藏馆里，意外发现了这件绣品。开始她以为自己认错了，毕竟世界上有很多巧手的绣娘，也有很多精致的绣品，可是当她看见那块布的右下角那弯小小的银线绣的月亮时，她才敢确定这是她母亲所为，因为你外婆会在每一件绣品的右下角，绣一钩弯月作为记号，就像是画家和书法家的签名。你妈妈后来成为脑神经外科医生，她做的事，也有些像在大脑里绣花。"

"成也基因，败也基因。"叶先生感叹。

"安珀老师，你为什么……"千色欲言又止。

"我知道你在想什么。你是想问：为什么我会知道这么多关于你妈妈的事，对吗？你妈妈是我最好的朋友，我们情同手足。"安珀说。

"等到有一天，你的脑神经网络终于和那块补丁，我是说，那个BR3芯片，天衣无缝地愈合，加上脑补和联想，你就能，找回八岁以前的，全部记忆。其实，你找回的，将要比你失去的还要多，因为很多事情，曾经先于你，或者在你的身后发生，但是你却是无知的。而当你通过BR3，把全部信息永久植入到你自己的大脑时，你不仅会知道八岁的你本该知道的事，你也会知道你本来不知道的事情，你就有了360度的全方位记忆。这个过程有点复杂，爸爸解释得不好。关于脑子的知识，你妈妈会解释得更清楚，她是这方面的专家。"

"那你让我妈妈，亲自来跟我解释。"千色咬住不放。

"会的，等时机成熟，请你再耐心些。前面你听到的，都是你妈妈家的事。今天我要给你讲的，是有关一个男孩的故事。你可能猜得到，那个男孩就是我，你的父亲。"

≈≈≈

　　男孩的学名叫叶绍茗。在家里，他是小茗。
对于人生的第一个生日，他毫无印象。第二个
生日就有了点模糊的记忆：他从几件礼物中，一
眼就看见了一个魔方。两岁的记忆里，除了魔
方，零星还有一些别的事。比如他记得父亲经
常在家里的一块白板上，用马克笔写下一行行
直线、横线、圆圈和小蝌蚪。他站在父亲身后，
出神地看着那些奇奇怪怪的字，只觉得好看。
那时他还不知道，这是父亲备课用的算式。

　　他父亲在南方一所二流大学里教数学，他
母亲是一所普通中学的语文老师。父亲临退休
也没混上正教授，母亲从来没被安排去教过毕
业班。热情、理想、奉献这些词对他们来说是
星外语，他们对待工作的态度是老老实实。在
他们的词典里，老老实实的定义是：一分不多，
一分不少。"躺平"这个词，还要再等三十年才
会问世，可是他们早就已经在实践"躺平"。

他们把对工作的态度，也带到了家庭生活之中。他们给儿子画了一个大大的圈，只要不逾界，他就可以自由行走。小茗出生在二十世纪八十年代末，手机、个人电脑、平板电脑都还是未来世界的产物。那时候时间管理上的唯一敌人，是遍布大街小巷的网吧。而父母完全不用为此操心，因为男孩除了上学，几乎足不出户。

男孩上幼儿园时，有一年的六一儿童节，幼儿园组织了一个户外庆祝会，邀请家长参加。父母去了，发现儿子对气球玩具和上演的节目毫无兴趣，一个人坐在角落里，仰头看着一棵梧桐树出神。众人以为他在看树枝间飞来飞去的麻雀，他其实是在数树叶子。最下面的那一条树枝分成了三叉，最低的那一叉有八片叶子，中间那一叉是十一片，最上面的那叉比较复杂，有两片抽了一半的芽叶。两个半片的芽叶，到底该算成是两叶还是一叶？在他眼里，世上的每一样东西都是数字。没有数字，就没有世界。

男孩从小到大不挑食，母亲做什么，他就吃什么，既无偏好，也无厌恶。有时候母亲问他今天的菜好吃吗。他刚落肚，却已经忘了吃的是什么，只是盲目地点头。肯德基在他所在的城市开了第一家门店，全城的孩子都排着长队，热切地期待着美国的炸鸡，还有炸鸡套餐里的赠品玩具。父母要带他去尝新，他却拒绝了。他不想去的理由不是因为队太长，或者鸡太贵，而是太吵。男孩不喜欢人多的环境，也不爱看电视，听随身听。任何声音，包括音乐，对他来说都是噪声。

　　男孩对外表也毫不在乎，几乎完全没注意自己到底穿的是什么衣服。除非衬衫实在太小，露出了肚脐眼，或者鞋子顶得走路有点疼，不然他绝对不会想到置换。平日放学回家，他就把自己关在房间里，直到母亲喊吃饭了才会出来。男孩在自己的房间里，已经把三阶魔方复原的游戏，玩到了 20.9 秒的成绩，离当时的吉尼斯纪录，只差了 0.9 秒。但他自己并不知道，即使知道了，他也不会在意。他心里的唯一念头是超越自己。

有一天，他母亲进他的房间打扫卫生，偶然发现他把启蒙积木——一种乐高的便宜仿造品——搭成了一个由一座尖顶塔楼、两座辅楼组成的城堡。男孩用涂成白色的空火柴盒子，镶嵌成窗户，又把从杂志广告上剪下来的一个表蒙，贴在塔楼中间，作为塔楼的钟面。母亲有些吃惊，回头跟父亲说："这孩子还有点审美。"父亲轻轻一笑，说："那是空间想象力。"这其实是同一种看法的文科表述和理科表述，但他们没有大惊小怪。

有一天在饭桌上，男孩突然提出把客厅的家具换换位置。五斗橱挪到这里，餐桌搬到那边，茶几挪到两张藤椅中间（那时他们还没有沙发），书橱稍微动一动，离鞋柜更近一点……母亲说十年都是这个样子，为什么现在要换？男孩拿出一个笔记本，上面画满了图和算式。"要是按这个方法摆家具，能省出 2.29 平方米的空间，可以自由使用。"男孩才上小学一年级，老师还在教两位数以内的加减法，他却已经自己学会了四则运算和平方计算。

父母这时才真正吃了一惊。平生第一次，他们心中飘过了"天才"这个词，但彼此都不敢说出来，怕一语成谶。对他们来说天才不是好话，倒反更像是咒语。他们希望这个咒语，永远不要落在他们家。他们需要的是一个儿子，而不是爱因斯坦。但他们没有把隐忧放在脸上。他们只是相互看了一眼，说了一句："想法不错，有空了再说。"这个"再说"便是永远——家具在老位置上待到了下一次搬迁。他们一直是笃定的父母，情绪的钟摆很稳，剧烈摇晃的时候不多。所以，在补习班、特长班开始出现的年代里，他们始终没有让孩子卷进漩涡。大多数家长奉若神明的"培养"，在他们心中，都是"拔苗助长"。他们希望儿子的大脑能和身子合拍成长。

男孩的脑子里存在着一张无所不在的表格，

世界被打成一个个方块，每个方块都有坐标和数字。天空是由等分的方块组成的，大地也是，每一张人脸，每一片树叶都是。所有的变化都是一种位移，都是可以精确地计算出来的。世界上不存在数字无法解释或者描述的事件。假如有，一定是计算的谬误，而不是数字本身。他把这种看法一路坚持到了中年，直到有一天，一个叫千色的小女孩闯入他的世界，打乱了他的日常，他的数字理念第一次遭遇了挑战。千色是一个游离于他的数字世界之外的存在。千色是个例外。一旦例外成立，公理就不再是公理。他开始有了疑惑。

那是后来的事，暂且不说。

男孩在整个小学期间，无时不刻不在玩着方格和数字的游戏。从他家到学校，大致要走二十分钟的路。他每天都在改变路径，并计算着相应的脚步。有时走大路，有时走小巷，有时走大路再转小巷，有时先进入小巷再拐入大路。一段二十分钟的路程，竟然可以分解成无以计数的可能路线。有时甚至改换横穿马路的路口，或者干脆斜穿，直接避过交通灯，都会产生脚步数目的差别。他用脑子里那张无形的方格纸，一次又一次地丈量计算他的路途，却发觉无论如何精细筹划，依旧存在着更短更好的路程。

遇到下雨，那又是另外一种计算方式。他的路径不再以脚步为计算单位，而是以避雨为主要目的：如何能找到一条最合理的路线，能经过最多座有屋檐的建筑物，以达到最小的淋雨概率。

他走在路上的样子，面色苍白，目光呆滞，神情恍惚，仿佛是一只受了惊吓的小动物。没有人会看到他脑子里像雪花一样不断飞舞着的格子和数字。后来他会惊讶地发现，他维持了几年的这个秘密游戏，有一个学名叫优化算法。

那个偶尔会在父母心中带来一丝"天才"隐忧的儿子，学习成绩却一直平常，没挂科，也不拔尖。各科老师的反馈都很一致：不合群，不吵闹，却总是神情恍惚，心不在焉。没有人知道，其实男孩只是感觉无聊。老师讲的内容，他早已经懂了，他在一分一秒地熬时间。老师不够细心，没发现他试卷上的扣分部分，大多是因为没有答题。男孩不懂时间分配，往往会在一道题上花了太多时间，导致无法完成其余部分。成绩单寄到家里，父母有忧也有喜。忧是天下所有父母的那种忧，喜却是独属于这一对父母的、几乎有悖常理的。他们偷偷地松了一口气：感谢上苍，他们的儿子只是有点小聪明，离天才还差得很远。

≈≈≈

男孩小学毕业，进入初中，长成了少年。儿童期的优点和缺点，随着身体的成长，像青春痘一样昭彰地凸显了出来。一次数学期末考试，他挂了科。老师是个能把《仿佛来自虚空》一字不落地背下来的数学迷，异想天开地在试卷末尾添加了一道解析几何附加题——这是高

93

三才会涉及的教学内容。老师没指望任何人能解出这道题。没想到一个似乎天资平平的名叫叶绍茗的学生竟然解出来了。他不仅解出来了，而且列出了几种不同的解法，逻辑严密，语言精确，步骤清晰有序，有些解法是老师完全没有想到的。这样一份几乎可以用惊艳来形容的试卷，最终却只得了 20 分——那是附加题的分数。叶绍茗跳过了考试的所有正题，直接进入了他感兴趣的那个部分。

老师把少年人留下来，进行了一次艰难的谈话。其实算不上是谈话，因为绝大部分时间里，只是老师一人在发问。老师的问题一个接一个，像早年间纳鞋底的锥子，扎了很久，却没能扎破少年人的沉默。少年人不是不尊重老师，他只是找不出话来解释：他是如何获得那些超前于他年龄的知识的。他感觉自己是个小偷，窃取了不该有的财物。少年人的口头表达能力，似乎与试卷上的清晰思路相差很远。老师起了疑惑。于是老师联系家长，建议带孩子去心理医学机构做一次智商和心理测试。

这一次的咨询，给父母带来了两枚炸弹。

第一枚炸弹虽然有些意外，但还算不上是彻彻底底的意外，至多只能说是将他们已经放下了的隐忧，重又提到了明处。小茗的智商测试结果是 137 分，击败了地球上百分之九十九的人。

第二枚炸弹才是真正的意外，是那种五雷轰顶的意外。"阿斯伯格综合征，是一种高功能自闭症，也就是自闭症谱系障碍中最轻微的一级。怎么会？极有可能来自遗传。多数有阿斯伯格症状的孩子，都有高于均值的智商，少数甚至会出现极高的智商，就像你儿子那样。"心理医生告诉他们。

"没得治。只能加强干预，教他学会社交和时间管理技巧。高智商的阿斯伯格孩子，一般都能理解和执行干预方案，能配合大人，有意识地自我纠正。有一些孩子长大后会慢慢改善症状，最终能基本正常地融入社会。"基本两个字，才是关键词。

父母一路无语地回了家。儿子身上一些貌似纷乱无章的特征，此时都一一落到了该落的地方，拼成了一幅完整的谜底。不出门，不爱运动；怕光，怕声，怕人群；每一件新衣服上身，都抱怨扎脖子；总也学不会系鞋带；说话时面部轻微抽搐；对某一件事显示出超乎寻常的专注，对另外一些事却极度心不在焉……父母亲一直笃定的情绪钟摆，此时发生了摇晃。只是他们自己还不知道，风雨已在酝酿之中，最终将摧毁一切表面的稳固。

那天夜里，父亲问起母亲家族里有没有"脑子有点问题"的人。母亲沉吟半晌，才吞吞吐吐地说，小时候她母亲告诉过她，外公家的亲戚里头，出过几个有点"神经兮兮"的人。

"为什么不早说？你要是不隐瞒这样的事，我们完全可以有别的办法的。"父亲说话的语气听上去依旧是温和沉稳的，可是"隐瞒"这两个字却是刚经过磨刀石的刀，再平滑的丝绒也盖不住这样的锋刃。

"什么方法？不和我结婚？不生这个儿子？或者是，生了再把他送人？"母亲第一次从"躺平"的姿势里站起来，站得很直。世上最脆弱的关系，莫过是没有血缘关系的家人，经不起一句话的磨损。父亲再也没有重提此事，但怨气已由此而生。

不再笃定的家长，开始频繁地与学校和心理医生联系，筹谋策划各样有意识的干预。当了一辈子教书匠的父母，自然有别于其他家长，他们对儿子的引导是循序渐进，循循善诱的。首先是应试的时间分配和管理：拿到考卷，从第一题做起，只列一种解法；再则是社交技能，先在班级里找一个性情上和儿子最相近的同学，结成搭子，再延伸到两个家庭的互动；在家里有意识地增加和儿子的对话时间，每天都要求儿子描述在学校的各项活动。其他方面，是一些相对次要的琐事，可以见缝插针地实行，比如买几双不需要系鞋带的鞋子，在临睡前听一些刚刚超过听力阈值的轻柔音乐，习惯后，再慢慢提高分贝数……

这个训练过程绵延悠长，一根线似的穿过了小茗从初二到高三的整个阶段。小茗的智商在这里起了关键作用：理解之后的执行和不理解的执行，有着天壤之别的功效。

心理医生的预测，在小茗身上最终成为现实。后来发生的事，都是水到渠成，顺理成章。高中毕业后，因为奥数所得的名次，小茗被保送清华大学。

小茗离家去北京的那一年，父母离婚。怨气像沼泽地的瘴疬，经历了多时的酝酿，终于蒸腾而出。

≈≈≈

"千色，这就是爸爸小时候的故事。直到今天，爸爸都不喜欢穿有鞋带的鞋子。"

"唯心。"千色突然喃喃地说。

"什么？"叶绍茗问。

"两个白色的大字，中间有一个张开翅膀的，天使。"千色眯缝着眼睛，像一个近视眼老人在吃力地破解远处的标识——"唯心"。

叶绍茗的声音扬高了一个八度："你，想起来了，那个诊所？我带你去测的智商？"

"阿斯伯格，是不是我也有？就因为这个，你才带我，去了'唯心'？"千色犹犹豫豫地问。

叶绍茗突然崩溃。

"对不起，千色，我给了你，我的垃圾。女孩得自闭症的概率，只有男孩的四分之一，甚至更低，可是偏偏……对不起啊，对不起……"

安珀轻轻咳嗽了一声，制止了他："叶先生，自责于事无补。"

"千色，你爸爸传给你的，不只是自闭症。他也给了你，他的智商。正因为超常的智商，他才能透彻了解自己的病情，学会自制和自我纠正。他能做到的事，你也能。"安珀说。

"那天，你梦到了一个和你年岁相仿的男孩子——我知道你还在为这件事生气。可是，假如我们看不到你的梦，我们就不会想到让小梦来，陪你过生日。后来，你那么不舍得让小梦走。还有，那天你听到龙舟的鼓声，那么兴奋，你要我们，每天带你出门。这是你以前，不会做的事。你以前和我一样，讨厌声音，讨厌光线，讨厌人。你的自闭症，症状已经平稳，所以……"

"所以，我们还要继续努力。"安珀说。

第十八个故事:

一个眼睛发光的女子

讲述时间: 2035 年 7 月
发生时间: 2026 年 9 月

"千色,你一定感觉奇怪: 为什么我们兜兜转转啰啰唆唆地讲了这么多,却还没有讲到你。"安珀打开笔记本,开始了新一天的开场白。

"你一定急于想知道自己的故事,但请你再稍稍等一等,我们很快就会讲到你。今天要讲的事,可能有一些内容还不适宜孩子听。但你是个智商很高的孩子,我们相信你的理解能力。"

"从生物学意义来说,你生命的孕育,只是一个几分钟内就完成了的事件。但是在你的父亲和母亲相遇之前,他们各自都已经走过了千山万水的路程。现在回想起来，冥冥之中，他们走的每一步路，似乎都是为了走向你。你是他们的途径，也是目的地。假如把这些通往你的路途统统抹去，你的生命就成了无根之树。所以，我们想让你了解那些路途。"

"你父母亲相遇的那一年，你父亲三十七岁，已经是中国最大的人工智能实验室的项目组组长。三年后，他成了实验基地的主任——这只是一个纯技术头衔，他对行政管理一无所知，毫无兴趣。他研究的专题，是人机接口的植入芯片。那个时候还是第一代，而现在已经是第三代。你母亲那年三十四岁，却已经是美国小有名气的脑神经外科专家。三年后，她因为在大脑结构变化和行为之间关系的突破性研究，获得了国际青年布林（Brain）奖，那是国际脑神经学科颇有名望的奖项。"

"你父亲回中国发展之前，在哈佛大学获得了计算机和人工智能科学博士学位，又在麻省理工学院做了两年的博士后研究。你母亲是跳级考入约翰·霍普金斯医学院读书的，毕业后进入麻省全科医院的脑神经外科。他们在美国的生活轨迹，有过数年的重合。麻省理工学院和麻省总医院，相隔不过两三公里地，开车只是十分钟的路途。他们也都住在波士顿旁边一个叫剑桥的小镇。他们完全有可能在某一个华人超市的收银台前相遇；或者在某一位共同朋友的晚宴上相邻而坐；再或者在某一个健身房里，为借用同一件器械而产生对话；甚至也有可能在某一个稍感寂寞的夜晚，使用同一款聊天软件，进入一段完全放松的电子谈话。但是他们没有。"

"他们不健身，不社交，不沉迷于脸书推特微信抖音，甚至难得光顾超市，他们基本在单位的咖啡店和附近的食品广场解决一日三餐。他们也很少感觉寂寞——他们没有时间。在他们眼里，除了手术台、实验室和必要的睡眠，世上所有其他的事，都是在消耗能量，浪费时间。天才大抵如此，他们很刻意地选择大脑的库存，存入的信息就构成了他们的天下。在此之外的一切，无论是美食，还是美色，还是各种各样的情绪，皆是可以忽略的过眼烟云。"

"他们在美国本来可以有一千个相遇的机会，他们却从未谋面。而他们竟然会在 2026 年 9 月的一天，穿越了半个地球，在西贡偶遇。对不起，西贡改名为胡志明市已经很多年了，可是我还没有习惯，至今依旧叫它西贡。还是让我沿用这个老名字吧，它已经在我的大脑里刻下印记，改动记忆是件很麻烦的事。那时你父亲已经回国工作数年，刚参加了一个在曼谷举行的计算科学年会，偶然兴起，想去西贡走一走——这些年他几乎没有休过一次年假。而你的母亲，正好也从美国回到越南，探望她数年未见的母亲。那天她是从乡下老家来到西贡办事的。他俩在各自的行程中拐了一个小弯，先后步入了西贡街头的同一家咖啡馆。西贡是咖啡的天堂。西贡街面上的咖啡馆，一家挨着一家。在茂密的咖啡馆丛林里，他们竟然推开了同一扇门，那是偶然中的偶然。故事就从那里开始。"

"说是偶遇，其实也未必，因为世上并不存在真正意义上的偶然。所有的偶然，背后都存在着一些我们不能观测到的必然因素。人类的目光有限，我们看不见在我们之外的平行宇宙。你父亲和母亲属于地球上的少数人，他们具有旁人不具备的大脑。有那样大脑的人，注定是旷世孤独的。正是因为他们的孤独，他们散发出来的磁场，就格外瞩目。宇宙间有一些说不明白的神奇力量，会借着这样强大的磁场，将他们从人群中分辨出来，推送到一起。所以，他们的相遇是偶然，又不是偶然，是貌似偶然中的必然。"

　　"叶先生，接下来的事，还是由你来讲吧，转述者总不及当事人记得清晰。"安珀说。

≈≈≈

　　在曼谷会议上，叶绍茗遇见了久仰的日本大田动力公司的科学家同行。这些年里，他一直在跟踪大田的"梦幻者"系列情绪型机器人的技术进展。曼谷会议上，大田推出了梦幻三代。九年之后，当小梦来到千色身边时，已经是梦幻六代——这是后话。大田也是疯了，步子快得让叶绍茗头晕目眩。他自己实验室的BR1芯片，已经完成动物试验阶段，正在申请人体临床试验。虽然大田主打的是社交类机器人，而他的实验室主攻的是大脑植入芯片，但他们都在同一口大锅里舀饭吃——两家的灵魂技术都是通用生成式人工智能，两家都需要海量的机器学习和数据训练人才。叶绍茗打算在会后去日本一趟，参观一下大田公司，和大田的那帮疯子深入聊一聊。可是大田的人还要在曼谷逗留两天，参加一个分公司的剪彩仪式。于是，叶绍茗决定在这两天的空档里，去西贡走一走。

"决定"这两个字有点粉饰事实的嫌疑，仿佛西贡是他的计划之地，其实这趟行程完全是一个偶发事件。当然，你可以说世上并没有偶然，每一场貌似的偶然，其实是有无数的必然在身后做着隐形的推手。

他对越南本来也没有特别的兴趣——他对所有的旅行都不感兴趣。他很少出门，他的办公室和公寓房间的地板上，都有两道深深的凹槽，那是他的滚轮椅在上面留下的印记。他是项目组长，有时不得不参加单位组织的集体旅游。即使是这些时候，他往往也是独自待在旅馆里，看书，或者阅读团队人员的编程代码。他是团队的脑，而不是手，手是别人的角色。他底下有一群新锐的用AI武装起来的软件工程师，但他偶尔也会亲自操刀写代码。即使不写的时候，他也会时不时地阅读别人写的代码。编程是一个不同的世界，完全抽象，与世隔绝。编程不受现实世界的限制。编程的极限是自己。在编程的世界里，他感觉自如。

　　他成人以后，他父母亲一次又一次地告诉他：他已经从那层叫阿斯伯格综合征的皮囊中蜕皮而出，完全正常，彻底自由。他知道这些话的言下之意：他们嘴里的自由，其实与自由无关，他们是在委婉地敦促他进入另一个樊笼：婚姻的樊笼。他没有反驳，但心里知道那只叫阿斯伯格的魔鬼，只是在他强大的自我纠正力量面前退缩，换了一条更隐秘的、只有他一个人知道的路径，时不时地窜出来，搅混他的感官，让它们错位、失职或者冒名顶替。

比如当他坐到电脑前阅读代码时，他的眼睛立即隐居幕后，让位给鼻子。僭越的鼻子独踞一方，敏锐地闻出代码中的坏味道：臃肿的，组织不良的，长虫子的，装在黑盒里的，漠视规矩的……对于他的鼻子，他手下的那帮工程师感觉复杂。收到他发来的那些语气还未经过打磨的电邮时，他们最先是感觉惊艳，渐渐就变得麻木，再然后是恐惧，到最后就进入厌烦。当然，这个过程不总是那样界限分明、先后有序，有时各种感觉是蜂拥而至，混成一团的。

曼谷会后，他一时兴起开始搜寻那两天的空档里可以去的地方。两天的行程里可供选择的城市很多，可以是金边、万象、吉隆坡，也可以是雅加达，或者新加坡城。所有的城市对他来说都不过是掀开窗帘时的那一小角街市，这里和那里，并没有本质的区分。可是那天的航班，只有西贡在时间上最合宜。他递交机票订单时，绝对没有想到，那根食指会把他引到一个命运的岔道口。

抵达西贡时，刚过十点，阳光已经是一层扒不下去的皮肤，灼烫湿黏，闷热无比。九月在越南是雨季。越南的雨很率性，说来就毫无预兆地来了，说去就一阵风似的去了，似乎不太缠绵缱绻。在旅馆放下行李，他决定到附近的街市逛一逛。一个人在一个完全陌生的城市里行走，对他来说是完全陌生的体验。

他漫无目的地拐进一条小巷，看见一个老人在一桶烧得很旺的柴火上，烤着一只乌黑的铁桶，周围聚了一堆孩子，青烟熏得他几欲流泪。老人不停地转动着铁桶尾部的把手，隔一小会儿就把铁桶倒立起来，有时朝这头，有时朝那头。他一下子想起了小时候放学回家路上见到的乡下人，他们脸色黝黑，皱纹深刻，手里拎着一只小板凳和一袋黑炭，身上背着和眼前的这只相似的铁桶。"米花伐？米花哦——"那吆喝声拖着长长一条尾巴，一路拖过他的童年。孩子们也是这样拥围上来，乡下人在孩子中间坐下，也是这样烧起火来，也是这样摇动着手柄。一声在他听来雷霆般的轰响，在他耳中炸开。他捂着耳朵，失魂落魄地站在离家不远的街上，胸口跳得如同万马奔腾。那一跳，通常会跳上几个钟点。

此刻他恍惚间觉得进入了时光隧道，突然回到了三十年前的日子。他加快步子，惊恐地逃了开去——高分贝的声响至今让他惊悸。后来，他才知道，那铁桶里装的不是米花，而是咖啡豆。这样的烘焙法，在老人的父亲、父亲的父亲的父亲手里就有了，也许还会传给孙子的孙子。世上总有一两个角落，是现代化的雨淋不到的死角。

他走出小巷，进入一条稍大的街。一家不知卖什么货物的小店门口，坐着三五个穿着花布长袍的女子——他不知道那种有点像旗袍的女装有个妖冶的名字叫奥黛。其中一个女子见到他，站起来，闲闲地靠在门上，朝他摇手，嫣然一笑："喝一杯吗？"她用带着浓重口音的英语对他说。他也想礼貌地笑回去，但脸颊上的肌肉不听使唤地抽搐了起来。他低头急急地从她们跟前走过，听见她们在他身后吃吃地笑。

他三十七岁了，在女人的事上，还是一张白纸。他那已经离婚多年又都再成了家的父母亲，曾经各自策划过几次还不算过于拙劣的相亲机会，最终都不约而同地放弃。在这个世界上，他的父母算是最懂他的人。他们都试图用自己的理念影响过他，但也都知道在什么时候放手。他不喜欢女人，跟性取向无关，他只是觉得女人的维持成本太过高昂。金钱。情感。时间。三项成本中，他缺了两项。后边的两项其实可以合并为一项：情感是需要用时间来呈现的，而时间是情感的必要培植土壤。

他对女人的这种观念，是在身体经历发育、

荷尔蒙爆棚的年代里就有的。有时候早上醒来，他会为床单上的那片湿迹懊丧。不是羞愧，是懊丧，他在为自己的薄弱意志懊丧。他怕女人，不是那种脸红心跳的怕，而是一种昆虫对异类昆虫的那种怕。没有好奇，没有欲望，只是简简单单的恐惧。他之所以能和单位的女同事坦然相处，是因为他只用脑子和她们相处。脑子的作用，仅仅是交换想法，他的身体和情绪都没有参与。世上吸引他的，无论男女，都只是脑子。身体是用来供养承载脑子、执行脑子的指令的，除此之外，身体本身并没有单独的用处。

他在一片惶乱之中走进了一家看起来相对气派的咖啡馆，坐下。过了一会儿，才渐渐安定下来，注意到了环境。咖啡馆不大，却很干净精致。墙漆成了沉红色，不过裸露的墙面很少，两面墙上都挂满了画。一面是 1920 到 1940 年代香榭丽舍剧院的歌舞表演海报，另一面是萨特和波伏娃在各个时期的黑白肖像。一张一张的小桌子，上面铺着精致的亚麻布，一只细瓷小花瓶里，插着一朵黄色的玫瑰。咖啡杯子和垫碟，都是镶着金边的欧瓷。柜台里摆着刚出炉的牛角包、法棍、焦糖布丁、马卡龙和奶油松饼。背景的音乐声很轻，轻得几乎像袅袅青烟。歌手的嗓子很古怪，拐到高处时，生出些轻微的噼啪声，像是接触不良的线路发出的杂音。他虽然不知道那是伊迪丝·皮雅芙的《玫瑰人生》，却也一下闻出了洋溢在他四周的法国气味。他脑子里突然浮现出几行古怪的字：

1885.6.9
中法新约
李鸿章，巴德诺
1954.3.13—5.7
奠边府战役
卡斯特里，武元甲，韦国清

那是他高中时期学的世界历史知识。他的

记忆是照相机，记得住所有经过他大脑回路的日期和事件。

那都是发生在很久以前的战事。原以为水面早已平静，没有了刀剑的划痕，只是没想到，依旧有些潜流，在悄悄地渗入战后生活的毛孔。西贡这匹织锦里，大概永远都会残留着无法剔除的法兰西丝线。

他去柜台要了一杯拿铁、一个牛角包和一块奶油松饼，端着托盘往回走的时候，突然发现旁边一张桌子上放着一本翻扣着的英文书，书名是 *The Brain That Changes Itself*（《大脑的可塑性》）。他拿起来，打开封面，发现扉页上写着一个 "Chen" 字，便猜想书主大约是个中国人。书显然是认真读过了，贴满了五颜六色的便笺。他随意翻开一页，上面有一段被黄色的马克笔标注过的话：

……the brain changed its very structure with each different activity it performed,

perfecting its circuits so it was better suited to the task at hand. If certain "parts" failed, then other parts could sometimes take over. The machine metaphor, of the brain as an organ with specialized parts, could not fully account for changes the scientists were seeing. They began to call this fundamental brain property "neuroplasticity".

……大脑在进行不同活动时会改变其结构，完善其回路，使其更适合当前的任务。如果某些"部件"失灵，那么其他部件有时可以接管过来。把大脑比喻成一个由专用部件组成的机器般的器官，是不能完全解释科学家们观察到的变化的。他们开始将这种基本的大脑属性称为"神经可塑性"。

他留意到另一处贴着的一张蓝色便笺，上

面的标记是：A woman with half a brain（一个只有半侧脑子的女人）。他忍不住放下托盘，坐下，看了起来。轰的一声，他立刻陷了进去，完全忘了身在何处。也不知过了多久，他听见旁边有人咳嗽了几声。声音虽进了耳朵，却被脑子拦在了大门外。直到那人连续说了两遍"hello"，他才抬头，发现身边站着一个剪着短发的人。他猜想是书的主人。

"颠覆脑神经科学的根基啊。"他脱口而出，说完了方醒悟他在说中文。

"你也这么认为？"那人开口，他才意识到是个女人。潜意识里，他觉得读这一类书的，大抵都是男人。女人生活在另外一个世界，关心的是另外一些事情。他实验室里的女同事们午休时闲聊的，绝对不会是科学。这个女人的中文稍稍有点口音，但他分不出是哪个区域的。

"一个先天缺失左脑的人，能正常说话，有正常的记忆，能把一整本日历装在脑子里，随时提取。那些左脑右脑分工的理论呢？神经生

116

物学的教科书要改写了吗？"男人的语气里，有罕见的兴奋。就在这个早上，他同时打破了两项保持了三十七年的个人记录：第一次独自出国旅行；第一次主动和一个陌生女子搭讪。

公平地说，这也算不上是搭讪，因为他绕过了所有试图搭讪的男人必须经过的路数。没有"你好"，没有"我是……"，没有"这个位置有人吗"，没有"今天天气……"，没有"你看起来像……"，没有"对不起"，没有"因为……所以……"。他越过寒暄、自我介绍、道歉、解释和任何五花八门的铺垫，直接砸破冰层，扑通一声跳入了正题。这是阿斯伯格综合征在他身上留下的疤痕：每当进入精彩的话题时，他无暇旁顾。他完全没有注意到他的托盘大大咧咧地占据着桌子的中心地带，几乎没有给女人的咖啡杯留下位置。

女人也没在意，扯出对面的一张椅子坐下来，把她的咖啡杯捧在手里。

"四个世纪积累的传统学说是：大脑像机器，

有区域和职责划分，每块地盘各司其职。发育成熟之后，只能损耗，没有变动。一百多年前，就有人想画脑功能区域图，那时只能找开颅手术的病人，插入探针试验。一生能碰上几个病例？一个环节没掌控好，就有可能死在手术台上。后来有人发明了经颅磁刺激法，原本的用途是治抑郁症，但也有人拿它来反证大脑功能图的准确性，这回至少不用开颅。"

"经颅磁刺激？"男人有点疑惑。

"就是把一个磁线圈放在头皮上，向大脑某个区域传送磁脉冲，看人会做出什么反应。方法虽然进步，可惜隔着颅骨，信号弱，噪音大，缺乏精准度。大脑区域图至今还有许多盲区，图远未画完，就有人要变天了。"女人指了指桌子上的书说。

"左脑掌控语言、逻辑、数字和记忆，这话说了多久？半个世纪？一个世纪？可是这个女人的右脑，明明接手了左脑的工作。要么脑分工的理论是伪科学，要么直接证明了脑子可塑，可以通过后天学习改变功能结构。"男人说。

"这本书是十几年前写的，我到现在才看到。学问现在是分门别类，越做越细，越钻越深，可惜每个人都只管自己那一摊子，也不看看别人做的是什么。手术台之外，原来还有精彩。"

"你是医生？"男人突然生出一点好奇。

"脑外科。"女人轻描淡写地答道，却没有往深里走的意思，"精彩开始的时候，都会被认为是异端，是噪音。这帮自称是'神经可塑性'学派的人，刚发表论文的时候，胆战心惊的，都不敢亮出这个名词。"

"新的想法，总要先招来一轮群殴的。"男人说。

"这本书，还有很多颠覆性的实例，比如感官输入渠道，是可以相互替代的，视觉可以被触觉替换，听觉也可以取代视觉。有一个先天失明的人，额头上戴了一个微型照相机装置，能把光信息输送到一条电磁带上，产生振动。那人把电磁带含在舌头上，振波传输进大脑，大脑把触觉信号转换为视觉信号，那人就能根据舌头的振幅'看见'物体的轮廓——当然不是高清。经过一定训练，他很快就能辨别路径，缓慢行走，甚至把一个篮球准确扔进敞口的垃圾桶。"

男人突然想起自己阅读代码时那种"嗅错"的感觉。"大脑只在意信号，却不在意信号是从哪扇门进来的。所有的感官都是邻里，遇到障碍时可以破壁而入，相互救助。"

说完了，他感觉有点奇怪：他那个通常被数字和矩阵充满了的脑子里，竟然也存在着文字比喻的潜能。是女人让他放松。其实他在她身上没看见女人，只看见了脑子。脑子没有性别。他也在别人身上见过脑子，但别的脑子被裹得太厚，他得吃力地扒刨找寻。这个女人的脑子没穿衣服，赤裸裸毫无掩饰，他不需要分心搜寻。

"顺着大脑可塑的思路，有人对阿斯伯格综合征和自闭症——阿斯伯格也是自闭症的一种，提出新的假设，也是颠覆性的。一直以来都认为自闭症是一种未知的大脑障碍，一种残缺，或者阻隔。可是主张可塑性的那拨人，却认为这些人的大脑极有可能不是缺失，或者障碍，恰恰相反，是因为可塑性太强。"

男人的心脏停跳了一拍，耳朵直直地竖了起来。

"大脑可塑性太强，过于活跃，也要坏事。就像细胞生长本来是好事，但太活跃了就会产生癌变。大脑超常活跃，会产生超量的可塑连接，除了导致癫痫的潜在风险，还会产生过度敏感，那是自闭症最常见的临床症状。自闭症病人，大多都会对某些东西超常敏感，怕光，怕噪音，怕人群——人群也是一种噪音。传统做法是从行为上干预，或是遏制，或是促进。其实行为只是结果，是脑细胞活动的输出端……"

"可是行为在完成以后，又会反馈给大脑，大脑再根据行为给出的反馈做出调整。这时，行为又成了输入，这是一个回路。"男人忍不住插话。

"照'可塑性'那群人的思路，或许可以用电磁刺激，来抑制或者调整过于活跃的脑神经区。那是治本。"

男人想起了自己的童年和少年。他和他的父母、医生，还有老师，像培育盆栽一样，用铁丝般的意志强行改塑了他的行为。铁丝价格不菲，赔上了父母白头偕老的梦。

"行为干预的过程，也许是二十年，也许是一生。一个带着电极的探头，刺激改变大脑结构，十五分钟？一个疗程三天，五天，一个月？"他感叹。

女人笑了："历史书会告诉你：一种新理论，从被视为异端，到被广泛接受，可能需要半个世纪，甚至一个世纪。那是从前的步子。今天的实验手段高明多了，脑电图、核磁共振，功能磁共振，五花八门，却要平息千万个动物保护者的抗议，经过九百八十次听证会，三百六十个政府图章。凡尔纳在《八十天环游世界》里是怎么说的？从前环游世界需要几个月，现在快多了，可是你要花同等的时间等待签证。从建立假设，到动物实验，再到FDA批准，再到人体临床试验，你觉得，这个过程要多久？"

"肯定不是明天。"男人说。

"你也是学医的？"女人突然问道。

男人连连摇头。"不是，不是。我在设计，我是说我们一群人，在设计一种植入大脑的芯片，可以监测大脑的电脉冲活动，再通过蓝牙送回到外部应用程序，解码大脑的运动意图……"

女人把咖啡杯往头上轻轻一碰："知道了，你们是在偷听大脑的私房话。你们能看见人的梦吗？理论上应该可以。人心底里最隐秘的念头，远在还没有成为行为的时候，就已经被你们截获。你们要毁掉人间所有的私密。"

男人忍不住被女人逗乐了。女人的脑子是以光速运转的，哪怕抛给她一个关于星球的话题，她也可以立刻接住，并扔回来一个跳跃了三个步骤的问题。

"是有这种可能，可是我们研究这种芯片，不是为了探梦的。我们想做的，是了解一个人在产生某种运动意图时，脑电波是怎样一个状况。这样的话，即使是瘫痪病人，只要产生运动意图，就能被芯片获取，传到电脑或者智能手机，进行解码。解读后的信息得到执行，就变成了行为，比如操控电脑，或者指挥机器人端茶取药。霍金死早了，他要是植入这个芯片，还可以写多少本书？意念可以立即化为屏幕上的文字，因为通路是从大脑直接到电脑，跳过了肢体，跳过了键盘。"

"怎么解决身体对异物的排斥？芯片植入后，极有可能形成疤痕组织。一旦形成，肯定会干扰信号的清晰度。误传信息的后果很严重。"

女人的脑子是针，一针见血。

能把她挖到自己的团队吗？他暗想。他们一直在和大学的附属医院合作，但他的实验基地，却没有自己的脑神经外科专家。

"预防感染和排斥，也是我们的研究重点。我们有生物相容性极高的专门材料，芯片设计上会尽量减少对组织的损伤，有一整套预防感染的程序。"

女人哼了一声。"马斯克推出第一个人机接口的实例时，也是这么宣传的。一切只能由时间来证明。"

男人没有理会女人语气里的质疑。男人在坚持自己的看法时，很少被他人的意见左右："假如一切顺利，我们年底就会推出第一例人体实验。虽然比马斯克晚了两年半，可是他给了我们肩膀。他的芯片有一千多个电极，我们目前的设计是八千，未来不可预测。这两年半的技术发展，可以赶得上从前一个世纪。这两年半里，AI已经从小孩长成巨人，材料科学也是。AI可以在人脑里做的事……"

女人打断了他的话："大脑里植入了整个互联网，那是造神。想象一下，每个人的脑子里藏着一个宇宙的知识和能力，五大洲的土地上行走着几十亿个神。一场街头混混的小摩擦，就有可能毁掉一整个地球。"

女人的脑子走得太快了，男人感觉自己得开始小跑，但运动不是他的强项。

"没想那么远呢。我想的是，让瘫子走路，瞎子看见——哪怕是模糊的，聋子听见，哑巴可以开口说话。"

"那是《圣经》故事。人类总想造个小天使，行点善，没想到天使一出世，见风就长，就长成了魔鬼。然后人又得想方设法杀死魔鬼。人可以凭意志理念控制行为，但谁也无法控制想法。假设你的天使芯片被黑客闯入，你的每一个想法都被解读，像病毒一样地传播给天下人。那黑客劫走的，就不仅是你的银行账号，还有你羞于启齿的一闪念，你的全部记忆。它拿走了你整个人。你的天使成了魔鬼，这个魔鬼是杀不死的。你不怕吗？"

男人很少卷入这一类的思辨，他一直觉得

自己的脑子容量很大，出口却很小，但是这个女人激发了他脑子里沉睡的火山。

"抗生素问世的时候，科学家想的是救命，而不会想到几十年后，会生出致命的泛耐药性。那些在地下室里创造了互联网的人，原先只想把没法见面的人连接起来，不出门就能交换思想。他们也没想到，互联网会一手抹去印刷术，把纸质书扔进垃圾箱。人类所有的发明，都是在进步和祸害的两极中间兜转。总有新技术出来造点福，总有新祸害从新技术里生出来，作点孽。也总有新办法可以遏制祸害。历史就是这样重复，只是速度越来越快。"男人停下来，才觉出嗓子有点喑哑。拿铁凉了，牛角包正在变成塑料。

"总有人要有预见。撞到南墙时，已经晚了。"女人说。

"那是伦理学家、社会学家的事，我只是修补伤口的工匠。"男人说完了，突然有点羞愧。女人戳着了他的某个痛处。在这之前，他并不知道这个地方疼。还好，女人没有再深究。

"一个芯片，就能叫一个意念，随时变成行动，行动反过来重塑大脑。可塑性的本质，是想法可以改变大脑结构。我思故我在。笛卡儿也没想到，他说的一句话，在四百年后被稍稍扭曲一下，就可以重新解释脑神经科学了。"女人说。

男人听不出来女人是在戏谑，还是在嘲讽。

"其实，你和我做的事，有点相似。脑神经科学想了解大脑的机器性，怎么分工，怎么运作，怎么一环扣一环地指挥肌肉运动。智能科学却是让机器尽量模拟大脑，能够从经验中自我学习，纠错，训练逻辑思维，学会推理联想。大脑想钻研机器，机器想模拟大脑。"男人说。

"我们要是联手，要么制造天神，要么制造魔鬼。"女人看了看手机，这一聊，就聊去了两个小时。

"你来过越南吗？"女人换了话题。

男人摇头："我很少，旅行。"

"去过西贡哪些地方？"

男人又摇头："还没来得及。"

女人站起来，端起还没喝完的咖啡，把书收进背包。"我带你去一个地方，那才是真正的越南。城里的景点是给游客看的，全是塑料景，你看明信片就够了。"

男人的脑子还在犹豫，身子却已经站起来了。平生第一次，他的大脑失去了支配肌肉的能力。

≈≈≈

"这就是，我和你妈妈初次见面的情景。我们当时，都还不知道对方的名字，也没想起来打听。"叶先生对千色说，"我都记不起来她当时穿的是什么衣服，甚至连长相也没什么印象。只记得她头发剪得很短，像个男孩，还有，说话时眼睛里有光。我很少看见眼睛里有这种光的人，当时的感觉就是：这个人脑容量太大，脑壳装不下了，就从眼睛里溢出来。"

"你们都没有留下联系方式？"千色问。

"那是第二天的事了。离开咖啡馆，我就跟你妈妈去了一个乡下地方，到了才知道，那是她的家。"

"你都不知道她的名字，就跟她去了她的家？"千色有些惊讶。

"是啊，回头想想我也觉得奇怪。可是，事情就是这样发生的。"

第十九个故事：

一个人的一条河

讲述时间：2035 年 7 月

发生时间：2026 年 9 月

"千色，今天的故事不太好讲，因为里边发生的一些事情，不知道你这个年龄的孩子，能不能理解。可是如果我们绕过这个部分，就无法进入你的故事。所以，叶先生让我给你……"

安珀突然停了下来，因为她看见千色在做一件很怪异的事：她把两只手放在眼前，五指张开，并拢，左右晃动。

"在动。"千色喃喃地说。

"你看见，你的手了？"安珀的声音裂开了一条细缝。

"影子，在动。"

一阵短暂的静默。千色看不见她父亲和安珀老师此刻的眼神。他们总是在等待情绪的浪潮平息之后，才和她说话。情绪是一切进步的障碍。他们这样认为。

"BR3 在起作用了。"叶先生轻轻地说。

"千色，你能够识别物体在移动，是视力恢复的先兆。好迹象。"安珀说。

千色没回应，她在等着安珀后边的那句话：我们继续努力。那是安珀掉下来的第二只鞋子。这只鞋子不落地，天下不宁。

有进步的时候，我们继续努力。原地踏步的时候，我们继续努力。安珀的每一口呼吸里，透出的都是人民教师的气息。

可是安珀这次没说这话。她只是把千色没有喝完的牛奶杯子，递到千色手里："喝完了，我们接着讲故事。"

"千色，你知道大自然万物的繁衍规则吗？在植物界，一粒种子播进土里，吸收阳光水分，在土里孕育，然后破土而出，长成芽叶。再从小到大，长成一株植物，或者一棵树。动物界也是如此。一只公兔和一只母兔，因为身体结合，孕育出一个胚胎。胚胎在母亲的子宫里发育一段时间，然后脱离母腹……"

"你想要说我是怎么生出来的吧？"千色打断了安珀层层叠叠的铺垫。

"你都懂？"安珀小心翼翼地问。

"我懂。"

"你是，怎么懂的？"安珀追问。

"我不知道，我是怎么懂的。"千色说。

"你妈妈告诉我，你小时候，不爱说话，就爱画画。在纸上，在墙上，在地上，随时随处。别的孩子也画画，画的都是他们看见的东西，太阳，月亮，星星，房屋，花朵，蝴蝶，蜜蜂。可你不一样，你画的都是你梦里的事，很奇怪的梦。有一次，你画了一个女人的身体，没穿衣服，身体是透明的，有一根根肋骨，还有各种器官。没有人告诉过你人体结构，不知你是怎么想出来的。有没有可能，你梦见了什么？"安珀说。

"我的梦，不是你们最清楚吗？"千色反问。

千色还没过去那道坎。最初的耻辱和愤怒不再张着裂口，肉已经渐渐弥合，却还留着凹凸不平的疤痕。这些疤痕最终都会变成死皮，永远都在，但不再疼。

安珀没有给千色的情绪腾出位置。她知道最有效的持守，就是置若罔闻。"既然你已经了解了生命孕育的过程，那就让叶先生，接着给你讲下面的故事。"安珀说。

≈≈≈

离开那家法式咖啡馆后，叶绍茗跟着那个女人上了路。他不知道女人要带他去的地方，竟然离城市那么远。

刚上车的时候，他还有点小兴奋。走出车水马龙的西贡，窗外的景象就变了。建筑物渐渐稀疏，出现了大片大片的农田。路边是各样他不认得的树木，浓密的枝叶中露出些形状陌生的果子。间歇看见一小片老式木头楼房，正墙漆着黄绿青蓝的明艳颜色，侧墙却是一片千疮百孔的苍白。正看是一件华丽的袍子，侧看却是袍子边上的破洞。

后来新鲜感渐渐磨平，他就沉沉地睡了过去。刚才貌似轻松的两个小时谈话，已经消耗完他脑子里的燃油。他从女人大脑里取走了多少能量，他同时也给出了同等的分量。只是他从女人那里获取的，他当时就知道了；而他给出去的，却是他的身体后来才慢慢告诉他的——他已经筋疲力尽。每一种劳动都是物理的。这话是谁说的？马克思？爱因斯坦？福克纳？他想不起来了，只觉得说得通透妥帖。

中间有几次他被车身的颠簸摇醒，发现车子已经远离城镇，进入了山区。"现在好多了，从前这条路，一步一个坑，慢得像蜗牛。"女人对他说。女人没睡，捧着那本《大脑的可塑性》，像捏着一根定海神针，在急剧的颠簸中稳坐，细读。女人的平衡系统是钢铁塑造的，经得起地动山摇的折腾。他暗想。

后来女人把他推醒，告诉他要下车了。他看了一下手机，他们已经在路上颠簸了四个多小时。"修过路了，这在从前，要六七个小时。"女人说，"接下来没路了。我是说，汽车走不到了，我们得坐摩托。"

"还没到？"男人问。

见男人焦急的样子，她笑了："不长，这段只要半小时。"

原来女人自己有摩托车，存放在车站边上的一家小卖铺里。女人用越南语，和小卖铺的阿嫂熟门熟路地聊了起来。阿嫂从柜台底下取出一只空矿泉水瓶子，去了后边。回来时，瓶子已经满了。女人交了钱，接过瓶子，打开摩托车的油盖，把那瓶浅绿色的液体，咕咚咕咚地灌了进去。他这才恍然大悟那是汽油。便忍不住诧异：在这个智能化时代里，竟然还存在这样的刀耕火种。

女人从摩托车的储藏格里，拿出两个头盔，自己戴一个，把另外一个扔给了他。"这段路，你得有点胆子。要是怕，就抓住我，我很小就走这条路，是老司机了。"

他刚一坐上去，女人就启动了引擎，摩托车疯了似的弹了出去。路一下子窄了，一边是筋骨嶙峋的峭壁，一边是长满了野树的深渊。阳光从树丛中泻进来，一簇簇像尖针。海拔明显高了，山路一道弯接着一道弯，一道比一道急，石子在轮子底下啪啪地飞溅。男人彻底地醒了，没有一丝睡意。他不敢睁眼，也不敢一直闭眼——他怕他的身体随不上摩托车的拐弯角度。他只是紧紧地拽住了女人的外套。后来下车时，他才发觉他的指关节已经僵硬。

头顶飘过一大团棉絮似的乌云，天猝然暗了。没有任何预警和过渡，雨就唰唰地下了起来。雨并不急，但车速很急，雨成了条索，斜斜地打在脸上，有点疼，却很凉快。"不躲了，也没地方躲。"女人从前座对他吆喝了一声。还好，雨是急性子，发了一小阵子脾气，就收了，但他们已经全身湿透。

女人说是半个小时，他却感觉过了一个世纪。等后来他略略安了些心，渐渐能感受到速度和节奏的刺激时，他们就到了。远远的，就看见路边有一排前后错落的房屋，路口站着一个五六十岁的妇人，一只手搭在额头上遮着阳光，在眺望，等候。

"阿妈！"摩托车停了下来，女人一只脚叉在地上，冲着妇人喊了一声。

"阿娇。"妇人应了一声，满脸都是细细碎碎的欢喜。

叶绍茗这才知道，女人叫阿娇，这是她的家。

"妈，线给你买回来了。那家店铺要关张，把尾货都扫给你了。以后要学网购。"阿娇从背包里拿出一个纸包，递给她妈。

阿娇妈看了叶绍茗一眼。"朋友？"

叶绍茗不知如何回应，阿娇就说："妈，是

我路上捡的。"

妇人连眉毛也没抬一下,女儿做的任何事情都不会让她感觉惊讶。"胡说。先生贵姓？"

阿娇看了叶绍茗一眼,他这才想起,这个叫阿娇的女人还不知道他的名字。

"阿姨,我叫叶绍茗。"他窘迫地说。

"叶先生,欢迎。衣服湿了,快换一换。阿娇的阿哥阿弟多,有的是衣服。"阿娇妈说中文的腔调,和阿娇的一模一样。现在他明白了,那是越南口音。

这时屋里走出一大群人,男男女女,老老少少,将他们团团围住。阿娇指着两位年长的说:"我舅舅,舅妈。"又指着几个大人说:"我大哥大嫂,二姐,三哥三嫂,小弟。"又拿手勾了一个圈,把所有的孩子勾了进去:"这些都是我舅舅家的孙辈。我舅舅子女多,三个在西贡,两个在岘港,一个在日本,两个在中国。一到暑假,都把孩子送到这里来,大人谁有空谁过来管,像夏令营。"原来阿娇母女口里的阿哥阿弟阿姐，都是表亲。

大人们过来握手，各种问候，寒暄，说的都是中文，有的很顺畅，有的略微生硬。小孩在大人中间钻来钻去，说的却是越南文，偶尔夹杂几句中文。有一个稍大些的，怯生生地走近来，用英文问叶绍茗有没有英文绘本。阿娇妈就解释："我们阿娇从前也带美国同事来过，和这孩子说英文，送过他英文书。"

他同时明白了两件事：第一，阿娇在美国工作；第二，阿娇妈把他当成她的同事了。他不知道该怎么解释，只好结结巴巴地跟那个孩子道歉，说身边没带书。他从来没有和这么多陌生人相处过，有些手足无措。他在杭州出生长大，和那个年代的同龄人一样，是家里唯一的孩子。他父亲老家在山东，他母亲老家在常州。他也有表亲、堂亲，但那只是父母嘴里的传说，他从未见过他们，因为他们家几乎从来没有和亲戚走动过。当时他是懵懂的，现在他才领悟过来：那是因为他少时的阿斯伯格综合征，父母想

140

罩着他不受陌生人的侵扰。然而，他们自己是不是也不想在亲戚面前感觉难堪呢？他不敢细想。在阿娇家里，他第一次看见这么一大群亲戚，人多，话杂，乌泱乌泱的。热闹。他脑子里突然冒出了一个词。他有些奇怪，那个词为什么不是吵闹。

众人拥着他们进了屋。那是一个青砖青瓦的院子，四边都是一长排房间，中间留出方方正正一块天井。天井里有几个花缸，里头种了几株灌木，开着些白花，有一股香气隐隐钻进鼻孔。他觉得有些熟悉——在杭州的小巷子里，他闻过这样的香气，便猜想是茉莉。屋子算不上气派，却也干净平整。侧厢房的屋檐下，倒挂着几根电源延长线，砖头垒起来的台子上，摆着一排好几个电磁炉。当年盖这座院落的时候，设计的人大概没想到，后来会有这么多张吃饭的嘴。

"这是后盖的。我们逃过来时住的房子，在那边。"阿娇踮起脚尖，指了指院子的后方。"那几间房子是木头的，竹子搭的房顶，铺了芭蕉叶挡雨。老人习惯了这里的生活，不肯搬到城里住，所以又盖了这个院子。我舅舅的儿女，个个能挣钱。"

"逃，什么？"叶绍茗疑惑地问。

阿娇斜看了他一眼："没好好学历史吧。没听过'排华'？"

阿娇妈拿出一套也不知是谁的 T 恤衫和牛仔裤，让叶绍茗进屋换上。衣服稍稍有点小，勉强还能穿，他只觉得脖子刺痒。那是他从小就有的毛病，所有的衣裳都要剪去商标才能上身。这衣服是别人家的，他不能擅动，可是他宁愿赤身，也不能忍受那样的折磨。他把衣服脱下来，发现洗过多次已经半新不旧了，就放了心，开始满屋找刀剪。转身看见一张藤椅上摆着一个圆竹绷，上面绷着一块绣了一半的白布。绣的是两朵牡丹，一大一小，一红一粉，红在后，衬托着前边的粉。红的那朵已经完工，粉的那朵才绣了一半。花瓣层层叠叠，深深浅浅，针线功夫之细，如同国画里的晕染写意。不由得，就多看了几眼。半晌，才想起绣花绷旁边的剪子。拿过来，把领子上的商标仔仔细细地剪下来，修平了毛边，才穿上。等他出来时，院子里的人都不见了，只有阿娇的舅妈还坐在树荫里，摇着蒲扇乘凉。

"都在那儿，往前走几步，林子边上。"舅妈拿蒲扇指了指路。

出了屋就看见林子了，但走到跟前，却还要几步路。远远的，他就看见那群孩子站在一棵树下，仰头看着什么东西。走近了，他发现树上站着一个人。细看一眼，原来是阿娇。阿娇换了一件背心和牛仔短裤，岔开两腿站在树杈上，手里拿着一根拴着布袋的竹竿，摇来晃去。看了一会儿，他才看出了门道，原来她在摘芒果。阿娇用布袋套住一只芒果，竹竿一扭，左一下，右一下，芒果就落进了布袋。她套下一只，就往树下一扔，孩子们跳起来接住了，欢呼雀跃。他从来没见过芒果树的样子，更没见过这样摘果子的方法，只觉得新奇。

看见他，阿娇就取了个芒果，直直地朝他掷来。他吓了一跳，慌忙一躲，差点绊了一跤。芒果落到地上，裂了，流出些黏汁。一群鸡围拢来啄了起来，扬起一地尘土。孩子们哈哈大笑起来，笑他的笨。后来阿娇告诉他：这种芒果是一年里熟得最晚的，所以他还赶得上吃。

摘了有一二十颗芒果，阿娇妈朝树上喊道："够了。你把那只白的，右手边的，抓下来。不怎么下蛋了，杀了吃。"

叶绍茗这才看清，树枝间那一团团灰不溜秋的东西是鸡。他见过超市里那些塑料薄膜包着的鸡肉，也见过乡下人在菜市场里卖的活鸡，那是装在铁丝笼子里的。但他从未见过栖在树上的鸡。纹丝不动，闭目养神，一副饱足之后的宁静和安详，浑然不知大难将临，不禁让他想起那些黑压压地停在高压电线上的麻雀。

"太老了，不吃。煲汤吧。"阿娇从树上回话。

"也好，左下手的芦花，不老。那只煲汤，这只白斩。"阿娇妈说。

阿娇伸手过去，将那只白鸡稳稳地抓住，塞进布袋里，打了几个圈收紧了口，把沉甸甸的竹竿递给树下的人。鸡像被施了定身法，麻木乖顺，毫无反抗的意思。鸡大概也是热昏了。他暗想。

"谁上去抓芦花？我不管了。"阿娇轻轻一跃，落到了地上。

方才树上的这个女人，和早晨在咖啡馆里谈大脑可塑性的，是同一个人吗？他不禁疑惑起来。

≈≈≈

大人们把孩子们扔在果园里，回家煮饭。"煮饭"用在这里，有点轻飘。准备几个人的晚餐，那叫"煮饭"，而准备几十个人的饭食，是一场"军事演习"。四只电磁炉都开了，每只上面都咕嘟咕嘟地煮着水，分别是开水、肉汤、卤汁、银耳羹。五个大脸盆一字排开，自来水龙头上接了一根软水管，轮番给每个脸盆供水。洗衣用的那个水泥台上，摆着四个厚木案板，三个生食，一个熟食。女人们有的蹲，有的站，在淘米，洗菜切菜，剥竹笋，拌凉菜，切香肠；男人们在杀鸡，放血，煺毛，剁鸡肉和排骨。阿娇的舅舅在屋外的空地上生起一堆柴火，架上一口大铁锅，准备煮一个军团的米饭。家里的那只柴狗见惯了这个阵势，没露出大惊小怪的样子，只是在树荫里安静地卧着，吐着舌头，耐心地等待着一切喧嚣过后主人给它留下的残羹剩饭。

　　阿娇见叶绍茗插不上手，就给他使了个眼色，示意他跟她走。于是她在前，他在后，两人又回到了林子里。他们绕过林子里喧闹的孩子们，再走了几步，突然，就撞见了一片火——那是一片热烈地绽放着的向日葵。金黄的叶子边缘微微卷起，仿佛已经被阳光烤焦。他的眼睛感觉到了灼疼。

他们穿过那片小小的葵林，来到了一条小河边上。河很窄，阳光把暮夏所有的愤怒都倾倒在了水面上。九月的天还长，太阳虽然斜了，却依旧火力旺盛。傍晚的光线有着油彩般的浓腻，风一起，水起了波纹，阳光就碎裂了，生出一堆厚厚的渣沫。风朝前吹的时候，沫子是金色的。风向一变，颜色也跟着变了，一会儿是厚腻的白，一会儿是旖旎的红粉，一会儿又变成了一块巨大的龟裂了的绿松石。后来风终于静了，水面的裂缝弥合了，颜色渐渐混淆起来，变成了一团胭脂。

"我小时候常来这里，不和他们一起来，只想一个人待着。他们只会说'下河'，我给河起了名字。有了名字，就觉得这条河是我一个人的。"

"你起的，是什么名字？"他问。

"千色。"她说。

千色。好独特的名字。他只知道，中国有一个地方叫百色，在广西，那里曾经发生过一次有名的起义。但他从没听说过千色，无论是地名、人名，还是河流的名字。

"夜里再来，又是完全不同的颜色了。"她说。

他们在河边静静地坐了一会儿，看着太阳重了，渐渐下沉，却没有再说话。后来，他们听见了一阵歌声。声音太远，他辨不清歌词，只听见旋律像一根细线，缠绕在暮色之中。

"这首歌叫《白鸟归家》，是我们家的食堂钟声。夏天的时候孩子多，四下散在林子里，没法一个一个去叫。一听这歌，就都往回跑，知道是吃饭的时候了。下周学校都开学了，家里一下子就静了。"

≈≈≈

世上没有哪一张桌子，能坐得下那样一个军团，而阿娇家是另一谈。阿娇家的餐桌搭在院子里，是四张长条凳上架上四块长木板，外加一块门板。椅子不够，小一点的孩子就坐在大人的膝盖上。男人喝的是啤酒，女人和孩子们喝的是椰汁、木瓜汁、柠檬茶，都是以箱为单位的。叶绍茗被劝了一轮又一轮啤酒，每一轮都想拒，又不知怎么拒。拿眼睛问阿娇，阿娇置若罔闻。后来阿娇扔给他一瓶驱蚊药水，对众人说我带他出去看看夜景。他已经头重脚轻。

　　白天断断续续下了几场雨，晚上倒是彻底晴了，出了一轮大大的月亮，光照着林子，能看得见路。树木在地上投下大团大团的阴影，一只不知什么鸟儿，被他们的脚步惊动，嘎啦一声飞过，树影就乱了。近处有虫子在大声聒噪，远处青蛙在一下一下地擂鼓。葵花追了一天太阳，这时乏了，都垂头睡了。他们走到河边，发现河变了，变得很宽，水面成了一面大大的镜子。月光如剪子，把河岸的轮廓清晰地剪了出来，岸边半垂的苇草，在镜面上镂出一些细细的纹路。两人在一块石头上坐下，叶绍茗突然想起来：后天一大早，他要赶往东京和大田动力公司的人见面。那个世界，此刻离他很远。

他听见了一些窸窸窣窣的声响，回头看，是她在脱衣服。月光下，她赤裸的身体几乎成了一只瓷瓶，白底上抹着一层淡淡的青釉光。一些起起伏伏大大小小的山丘和平原，彼此平和地过渡、交融，没有锐角，都是弧线。她的脑子——那个在咖啡馆里一下子揪住了他眼睛的东西——突然消失了，此刻，他看见的是一个女人。他觉得小腹里有一根细细的火绳，在身体里乱窜起来，想找一条逃路。

扑通一声，镜子裂成一地碎片，她跳进河里，潜入了水下。他等了一会儿，没有动静，忍不住恐慌起来，颤颤地喊了一声："阿，阿娇？"却突然被一只手拽住了脚踝。他不知道她是怎么游到他脚下的，完全没有声音，像水鬼。他起了一身的鸡皮疙瘩。"下来。"她说。她的声音很轻，轻得像气流，他几乎疑惑是不是在幻听。她手里仿佛拽着一根线，他像木偶

150

一样被她牵着，走进了水里。

她把他的 T 恤和裤子脱了，扔到岸上。他还没来得及感觉羞涩，他们就已经贴在了一起。后来发生的事，他几乎完全没有印象。每一次回想起来，都觉得是一幅模糊的、缺乏细节的照片。但他知道自己的笨拙。三十七年。第一次。他下河的时候还是一个童男子。男人的第一次，不像女人的第一次那样，有着分水岭一样的庄严和仪式感。但第一次终究是第一次。没有铺垫，没有过渡，他哗的一声掉了进去，完全惶乱。

后来就上了岸。他找到衣服，却觉得衣服很沉，是她扯住了衣袖。她把她和他的衣服拿过来，铺在地上，躺了下去。他在她的身边躺下。天是沉蓝色的。九月越南的天空，大约永远不会黑透。星星如炬，一明一暗。他在城市长大，没见过这样的夜空和这样的星星。那是创世初的天空，还没有经过科学的污染。科学？他被自己的想法吓了一跳。她没说话，不知道是不想说，还是没有话。但他有话。他嗫嚅地说了一声："对不起。"她没有立刻回应，半晌，才问："为什么？"他语塞。为他的笨拙？为没带给她愉悦？为没带给自己愉悦？都是，又都不是。他说不清楚。

过了一会儿，她慢慢地靠过来，将嘴唇压在了他的嘴唇上。负疚和羞愧突然消失了，让位给一种他从未体验过的感觉。他找不到词语，也没想找。舌头像热锅上的猪油，化成了一摊滋滋作响的水，而小腹中的那根火绳，在熄灭之后，又嘭的一声死灰复燃。

这一次，他有了经验。他的身体知道了，她的身体也知道了。身体是可塑的，一如大脑。经验重塑了他，他也反过来重塑了她。

第二天早上，他再见到她时，她脸色平静，毫无异常，像任何一个正常的主人那样，招呼他吃早餐。饭后，她的家人热热闹闹纷纷乱乱地和他握手、拍肩、道别，然后她骑着摩托车，送他去汽车站。一路上，她只字未提昨晚的事。

他开始怀疑他是否只是做了一个离奇的梦而已。临别时，他给她留下了自己的私人联系方式。而当他问她要联系方式时，她只说了一句："我会联系你的。"

可是她没有。

这个叫阿娇的女人，彻底颠覆了他从前关于女人的一些想法。这个女人，没向他讨情绪，讨钱包，讨时间。不是世界上所有的女人都耗费心神。他不喜欢麻烦，但他不讨厌她这样的麻烦。或者说，他其实有一点喜欢这样的麻烦。

他从越南归来，立即恢复到他过去数十年一成不变的生活方式，办公室、实验室、餐厅、公寓四点一线，滚轮椅在地板上碾出的凹槽越来越深。人机接口的第一例人体实验已经获得批准，是车祸导致瘫痪的病人。后边还会紧跟着第二例、第三例、第一百一千例。瘫子走路、瞎子看见、聋子听见的事，很快就不再是神话故事。但是他接下来的重点研究方向，会是自闭症干预，那是让脑子重新找到回家的路的过程。灵感是她给的，但也是他自己的心有所动。当然，后来回头来看，一切发生的事，都证明了他和她信奉的一个观点：世上并不存在真正的偶然。

一周之后的一天半夜，他睡不着，心血来潮想搜索一下她的联系方式。他不知道她的英文名字，只好搜寻了所有在美国行医的姓 Chen 的医生。出来了上千个名字，散布在全美各地，包括波多黎各和美属维京岛。后来他加上了更多的过滤条件：Chen，女性，脑外科医生，结果跳出来的只有九个名字。他很快在这九个人中，找到了那张他认识的脸。

Amber Chen, MD, PhD.

Senior Neurosurgeon and Neurobehavioral Scientist

（资深神经外科医生、神经行为科学家）

Massachusetts General Hospital, an

Affiliation of Harvard Medical School

（哈佛大学医学院附属麻省全科医院）

　　他找到了她的工作电邮，坐到电脑前，脑子却一片空白。他想告诉她他的下一个研究重点，也想让她转达他对她家人的谢意，他其实真正想说的是我想你了。一封信起草了几稿，又删除了几稿，最后只好求救于 Chat GPT。"简单，中性一点，不要冒犯，热情，但不要太热情，要有说服力……"在接连收到十来个限定条件之后，Chat GPT 吐出了一封信：

　　　　我们现在做的事，是人工智能和脑神经科学最高级别的融合，是人类两大未来的结晶。现在我们是前沿，二十年后，我们也许会成为日常。请你来这里看一看，哪怕一两天。

隔了两天，他收到了她的回信，信上只有一个英文词：Maybe（也许）。

再后来，他就完全失去了她的讯息。

≈≈≈

叶先生讲完故事，安珀轻轻一笑，说："我纠正你一下，不是'完全失去'，而是'暂时'失去。"

"所以，我叫千色。"千色喃喃地说。

"全中国只有七个叫千色的人。现在你知道了，你为什么会有这个十四亿分之七的奇特名字。"安珀说。

"所以，你会在我的石膏上写下 Cuộc sống là một dòng sông，生命是一条河。"

千色伸出手来，捏住了安珀的手腕，轻轻地摸索着。"你可以不用再骗我了，我知道你是谁。你就是我的妈妈。"

这是一枚装了消声器的开花弹，安静地射出，却炸出一天飞尘。等到尘土渐渐落地，一切重归寂静，安珀才问："你是怎么知道的？"

"Amber 的中文翻译，就是琥珀，琥珀是你爸爸给你起的名字。还有，你的手腕上有一个疤，是你小时候被蜜蜂蜇了以后，手术留下的痕迹。"

安珀无语。

"你们可以，不这么零敲碎打吗？还有什么谎话，可以打个包，一起告诉我吗？"千色有气无力地说。

她父母对她撒的谎，就像是俄罗斯套娃，一个套着一个。她一个一个地拆了，却永远不知道哪一个是最后一个。愤怒在最开始的时候是一把火，有声，有势，有光亮。愤怒烧得久了，就成了灰烬，还剩了些半死不活的光亮，却已经没有声势了。愤怒烧到终点，就烧成了疲惫。

叶先生走过来，坐到千色的躺椅边上。他想搂住他的女儿，可是他不敢。有太多无可言说的自责、愧疚，有太多的言不由衷和身不由己。他的手僵硬地停在了半空。

"安……你妈妈觉得，假如你知道她是你的妈妈，她就无法对你有严厉的要求。妈妈的角色，会混淆削弱训练师的角色。所以，她宁愿你恨她，也不愿意让你失去成为一个健康、完全的人的机会。以后等你长大了，也做了母亲，也许你就会理解。"

千色听见了窸窸窣窣的响声，她知道是安珀哭了。她终于看见了那个刀枪不入的女人身上的毛孔和裂纹。

"我以我的生命担保，我跟你说的是实话。"叶绍茗说。

千色哼了一声："你有多少条命可以拿来担保？你是猫，有九条命？"

叶绍茗无言以对。

第二十二个故事：

一个叫 Kaleido 的女孩

讲述时间：2035 年 7 月

发生时间：2027 年 6 月—2031 年 6 月

"千色，你最新的脑扫描结果，证实了我们的预测。海马体和枕叶——那是处理记忆和视觉信息的两个区，跟前一次相比，有了显著改变。这两个星期，你能够想起从前的一些事情，你看见了物体的轮廓和移动轨迹。行为上的变化，假如没有生理结构的变化作为支撑，我总持有怀疑——这就是科学家的怪毛病。看来 BR3 的电磁刺激，的确起了作用，芯片已经和你的脑神经，产生了良性互动，我们还要继续……"

安珀突然停了下来，因为她看见了女儿嘴

角上浮起一丝讥诮的笑意。

"千色，现在你知道了，我是你的妈妈。但你还是暂时叫我安珀老师，因为我们还要继续训练。"安珀说。

"我爸爸，不也在训练我吗？为什么，他就愿意做爸爸呢？"千色问。

问题像图钉，一下子把安珀按死。半晌，她才说："因为你爸爸，错过了你很久，他一天也舍不得，再成为父亲以外的人。"

千色怔住："你和我爸爸，不在一起吗？"

"一会儿，我就会讲到这事。千色，自从你出生后，我可以放纵从容地做你妈妈的时间，只有一年多。后边的六年多，我都是你的医生。六年多养成的习惯，很难在一天里改正，请给我时间。"

≈≈≈

那天在西贡街头咖啡馆遇到叶绍茗，纯属偶然，但她的怀孕，却是一场精心筹划了四年的预谋。

当阿娇还是个小女孩的时候，她爱看的童书里，从来不会出现《白雪公主》《灰姑娘》《睡美人》这样的名字，但她却能一遍又一遍地读《爱丽丝漫游仙境》，书里那些天马行空的人物和动物让她着魔。在自己的泪水中游泳的小爱丽丝，那朵吃一半让人变高、吃另一半让人变矮的神奇蘑菇，那只在空中露齿微笑、只有头而没有身子的柴郡猫，那条抽着水烟说人话的蓝色毛毛虫……它们所做的怪异之事，所说的疯言疯语，她可以如数家珍地讲给母亲听。同龄的女孩们喜爱的玩具，大都是布娃娃或者毛绒动物，而她的心头好却是放大镜、三角尺、剪子、刀片和大大小小的玻璃瓶子。

后来她到美国留学，取了个英文名字叫Amber（安珀）——那是照着她的中文名字琥珀取的。在学校里，她也和几个男生约会过，最终都不了了之，因为情到浓时，他们都会无一例外地向她索取一样她没有的东西：时间。于是，她决定不再陷入感情之中，也绝不结婚。但她渴望有一个孩子。

孩子难道不会向她讨时间吗？她也曾这样问过自己。可是她把母亲和她的关系，看成了世界上所有养育孩子的范本。母亲让她在自己的世界里随意撒野，在果树林里，在小河边，与植物、昆虫和动物为伍。母亲从不呵斥她的任何一个在外人看来近乎疯癫的举动。母亲放心地给了她全部的自由，因为母亲绣着花的指头上，还缠着另外一根看不见的线。线的那一头，拴在阿娇（也就是后来的安珀）的心上。母亲知道她的指头轻轻一勾，阿娇就会回头。在这样宽阔的天地中长大的安珀，以为全天下的孩子都可以这样不费心神自由自在地长大。安珀却没有明白，大都市没有果林、葵花和一个人的一条河。大都市随处可见的钢筋混凝土墙，会让所有的自由行走，变成囚笼里的放风。

从三十岁起，安珀就开始筹划人工受孕。她在波士顿最好的生育诊所里冰冻了几颗卵子，随时准备启动人工授精程序。让她一直踌躇不决的，是管辖所有生育诊所的一项政策：她无权知道捐精者的背景资料，包括他的种族、教育背景、性格偏好……她无法确定，她孩子的生父会不会是一个在地铁上窃取皮夹的小偷，高速公路上屡教不改的飙车狂，路边挥舞着海绵刷、追着每辆车子讨硬币的流浪汉，或者是随意朝窗户扔石子、在街边的车辆上用钥匙刮出划痕的混虫。这些小过通常不会出现在正式的犯罪记录中，她无迹可寻。恐惧让她的人工受孕计划推迟了一年又一年，直到那天，她偶然走进了西贡街头的一家法式咖啡馆，新的灵感如春芽猝然冒出。

那天发生的事，用一个被人使烂了的成语来形容，就是天时地利人和。一个难得出国旅行的中国男子，在毫不知情的情况下，撞进了一个生物钟已经敲响的女人的排卵期里。他目测身高大约一米八，体型匀称。他的智力、教育背景、身体状况，符合了她对潜在捐精者的全部要求。假如把他设想成一张就职审核表，表上的每一栏都会打上一个完美的钩。当她无意间听到他的名字后，就立即上网，悄悄核实了他的身份背景。然而，即使是一个最缜密的脑神经科学家，在一些很浅显的事上，也有可能犯下低级错误。比方说，她就没想过他的遗传病史。科学的泛光灯，有时恰恰漏过了鼻子跟前的一小片暗影。

从他们两个小时的对话中，安珀看出来，他和她一样，对男女私情并无多大兴趣，这就卸除了她内心的最后一丝负疚。于是，就有了后来发生的事。

这样的叙述虽然客观，却未免过于冷静，冷静得犹如一份临床医学报告书，没有模糊地带，没有不小心溢出的情绪，没有也许，也没有然而。其实从一开头，安珀就已经被叶绍茗吸引。她身边不乏杰出的脑子，但是把他从他们中间剥离出来的，是他的单纯。他爱他所做的事，是为事本身。他对自己的智力、创造力和激情所能产生的影响，是一种懵懂无知的天真，就像一个形容娟好的女子，对自己的外貌带给世人的震慑毫不自知。那样的单纯，就让他成为一个具有不同磁场的人。她其实是有点喜欢他的，假如她没有怀孕，也许会和他保持联系。但是在和他分开之后的第三周里，她的试孕棒出现了两条杠。从此，她就断绝了任何和他交往的念想。

≈≈≈

安珀的孕期和生产过程都非常顺利。小时候在乡下练就的母马一样强壮的体魄，让她在没用任何止痛药物的情况下，自然产下一个重八磅九盎司的女婴。

中文名字是早就想好的，无论男女，都叫千色。那是她给老家那条小河起的名字，而千色的生命，就是在那条河边孕育的。按照弗洛伊德的理论，这是对童年经历的某种回溯和致敬。千色的出生纸上，父亲一栏是空白的，而孩子注册的英文名字是 Kaleido Chen，从 Kaleidoscope（万花筒）而来。安珀选了这个字，不是因为它有一个美丽的希腊词根，也不是因为她喜爱万花筒，而是因为它和中文名字有着某种遥遥的呼应。还有一个重要原因是：取这个名字的人，世上大概没有几个，重名的概率很低。她痛恨那种一上搜索引擎就能弹出三千次的人名。虽然她深爱母亲，阿娇却是她痛恨的名字。

安珀把母亲从越南乡下接到波士顿郊外的公寓里，帮她一起照看孩子。母亲从未离开过家，来到美国很是欢喜。母亲欢喜，不是因为出国，而是因为可以和女儿在一起。只要女儿在身边，美国和赤道几内亚并无差别。

千色的出生扰乱了安珀的日常起居，打破了安珀情绪的平稳。千色的每一声咳嗽让都她心惊肉跳，每一次安睡中脚趾的轻轻抽动，都让她感觉到生命抽芽成长的惊喜。她在惊喜和惶恐中体验着天下所有初为人母的女人都会经历的情绪起伏。在生养儿女的事上，科学家的智力，甚至比不上目不识丁的村妇。这种时候，有过经验的母亲就成了安珀的定海神针。母亲像小号砂纸，轻轻打磨着安珀情绪上的小毛刺。母亲在照顾外孙女的过程里，又重做了一回母亲。而安珀在养育千色的过程中，又做了一回女儿。

在最初的一年半里，千色没有任何异常的迹象。身高，体重，胃口，对各种感官刺激的反应，都在正常范围之内。每一次从儿科医生那里拿回来的检查报告，都是一份满分的试卷。该睡的时候，她就睡了；该醒的时候，她就醒了。吃饱了不哭不闹，睁大眼睛盯着天花板出神。"草一样好养，和你小时候一模一样。"母亲说。只是安珀和母亲都没有意识到，这段日子会像草尖上的露珠一样瞬间即逝，魔鬼正潜伏在下一个路口，等候着发起第一轮狙击。

安珀的第一丝不安，发生在千色周岁的时候。千色的牙牙学语，并没有顺着发育表上的次序衍变为单词，甚至连牙牙之声，也渐渐变得稀少。千色越长越安静了。等到一岁半的时候，她依旧没有说出一个有意义的单词，安珀的担忧终于抵达了巅峰。

后边的几个月里，安珀频繁地在医院的各个科室轮转，给千色做各种测试。运动、反射神经检查，发音器官检查，脑电图，听觉脑干反应，视觉诱发电位测试……所有结果都正常。"增强语音刺激，多跟孩子说话。"每一位儿科专家都给出同样的建议。作为脑神经外科医生，这是基础知识，安珀的耳朵听出了茧子。

终于有一天，母亲忍不住说话了："要不然，让我带回乡下养养？大城市都是高楼，见不着天，晒不着太阳，她每天只见到你我两张脸。乡下有树有水有鸡鸭，还常常有孩子来，她的天地大了，兴许就开口说话了。"安珀想起了自己的童年，就同意了母亲的提议。在科学和常识之间，平生第一次，她选择站在了常识一边。

于是，在将近两岁的时候，千色被外婆带

到了越南。安珀每天下班后都会和母亲隔洋视频，把所有的公假私假都用在了往返越南的旅途上。两岁零四个月的时候，千色终于开了金口。从她口中吐出的第一个词是"阿婆"，而不是"妈妈"——"妈妈"是后来的事。从一个一个单词，过渡到一个完整的句子，千色跌跌撞撞地走了一年半的路途，到将近四岁的时候，她才真正学会了说话。安珀的担忧，终是一场虚惊。很难定义千色的第一语言是什么。她最早接触到的，是外婆带着口音的中文，中间夹杂着一些越南语。而后来几年说得最多的，是英语。再后来，她又重归中文。

千色虽然开口说话，但除了外婆和妈妈，她极少在别人面前开口。即使开口，也从不看着人说话。有时极为安静，一天也不说一句话，有时则毫无缘由地放声号哭。但只要给她一张纸一杆笔，她就能安静下来。她可以趴在桌子上写写画画一整天。"你小时候，也是这样。"母亲说。

后来的事，其实早就埋下了伏笔，只是安珀和母亲被暂时的太平蛊惑，听不见身后的魔鬼在格格磨牙。

千色在外婆身边待了两年。到四岁的时候，被安珀接回美国，进了学前班。真正的噩梦，就从这时开始。

≈≈≈

"阿婆，黑痣，在这里，我总以为是芝麻。"千色听完这个故事，突然伸出食指，指了指下颌。

安珀怔了一下，突然醒悟："对，阿婆这里长着一颗痣，我小时候常常拿手去抠。"

"阿婆看我游泳。"千色说。

"你想起来了？阿婆说没人教你，你一点儿也不怕水，下了河就会游。"

"芦苇是空心的，折下来含在嘴里，可以待很久。"

安珀的眉毛轻轻扬了一扬，但她压住了兴

奋。"有一回，你在水下待了太久，阿婆吓得要死。阿婆水性不好，只会一口气游到底，不会换气。"

"乡下的事，你还记得什么？"安珀追问。

千色摇了摇头。半晌，才又说："香烛，阿婆烧香烛。"

安珀长长舒了一口气："那是阿婆在拜阿公，每天两次，早上一次，晚上一次。"

第二十五个故事：

雪天里的不速之客

讲述时间：2035 年 8 月

发生时间：2033 年 12 月

　　叶绍茗生活中发生的许多重大事件，似乎事先都有某种预兆，有的当时就很昭彰，有的是在事后才渐渐显露出其奥秘的。

　　有一天夜里，他做了一个奇怪的梦，梦见他的肚子裂成两半，肠子从开裂的肚腹中滑落出来，一圈一圈地盘在地上，像旧时井边取水的辘轳绳。肠子见光就开始腐烂，在他眼前改变着颜色。突然，肠子蛇似的直立起来，缠到了一个小女孩的身上，越缠越紧。女孩的呼吸急促起来，脸上也和肠子一样变着颜色，从粉

172

红变成苍白，再变成蜡黄，最后变成青紫。他在梦中也知道自己在做梦，拼命想唤醒自己，身上却像压着一块巨石，嗓子喊哑了，也发不出声音。不知挣扎了多久，才终于挣醒了，已是一身冷汗。坐起来，他试图回想那个女孩的模样，面容却已模糊。后来他才知道，这样的梦在心理学和脑神经科学里有一个专有名词，叫 lucid dream（清醒梦）。至于梦境和现实中间的那层象征意义，却是在事件发生之后他才恍然醒悟的。

第二天，他开了一个长长的项目会议，下班晚了。回家的路上，天突然下起了雪。雪在他生活的城市是稀罕的景象，街上到处都是拿着手机拍雪景的人。其实天并不冷，雪是湿的，大朵大朵地打在脸上，微微有些凉意而已。已近圣诞，街面上灯火辉煌，巨大的 LED 广告牌上，各样的商品广告一帧一帧飞闪而过。圣诞节在这里不过是一次众声喧哗的商机，一个长长冬季里的狂欢借口而已，光亮和声响都有点轻佻，与他并不相干。他突然感觉有点寂寞。他刚过完四十四岁生日，依旧单身。他没想过结婚，也从未后悔选择了单身。只是在这样一个下着湿雪的夜晚，要是有人陪他吃一顿饭，喝一杯酒，即使不说话，也是好的。一小杯温润的米酒就好，不要咖啡，他已经多年不在下午或晚上喝咖啡，怕影响睡眠。科学家没有不失眠的，失眠是脑容量的标签。他这样安慰自己。

他走到公寓门口，正要按门锁密码，突然发现楼道拐角里站着一个女人。女人的手里拎着一只拉杆箱，应该已经站了一会儿了，驼色呢子大衣上的雪花，已经化成了一斑一斑的水印。女人朝他走过来，喊了一声"叶先生"。可他并不认识她。看出他疑惑的眼神，女人就说："我是安珀，就是那个，阿娇。那年在西贡，还记得吗？"

他一下子想了起来，却不禁吃了一惊。阿娇，不，安珀，变化太大了。倒也不完全是老，而是发型和神情。她的头发留长了，在脑后随意挽了个髻子。身上那股母马一样旺盛的生气消散了，眼睛里是遮掩不住的疲惫和沧桑。

"当然记得，我给你发过几封电邮，你有收到吗？"他问。

她含混地点了点头，转身说："千色，你过来。"

他这才发现女人身后的阴影里，藏着一个女孩子。女孩子被安珀扯到跟前，却不抬头看人，只是专注地翻着手里的一本书。书已经翻烂了，起着厚厚的毛边。他对孩子的年龄缺乏判断力，觉得可能七八岁，也可能五六岁，大约就在中间的某个阶段。

"我的女儿。"女人说，"千色，来跟叶先生打个招呼。"女孩置若罔闻。在被母亲催促多遍之后，女孩终于抬起头来，看了他一眼，立即垂下头，依旧翻弄着手里的书。就在四目对视的那一秒钟里，叶绍箸觉得心脏咯噔了一下。

他从这个女孩子的脸上，看到了他自己。

假如女孩的头发剪得更短一些，再换上一件海军蓝的校服，他会以为他穿越了三十多年的时光隧道，迎面撞见了玩三阶魔方时期的自己。

"不请我们进来吗？"安珀说。

叶绍茗开了门，领着母女两个进来。安珀在鞋柜前的小拐角里放下行李箱，脱下大衣，也给女儿脱去外套，搁在沙发上。然后把女儿领到餐桌边上，扯出一张椅子，让女儿坐下。她做这些事的时候，神情娴熟自如，仿佛她已经在这里住了一辈子，熟悉每一个角落每一件家具的用途。女孩坐下来，立即打开了手里的书。叶绍茗发现，女孩并没有在看书，她只是在一页一页地翻着书，从头翻到尾，再从尾翻到头，周而复始，循环往复。女孩翻书的动作有点僵硬，左手的食指和中指上，都缠着纱布。

"有牛奶吗？请给她热一杯，飞机上她没有好好吃饭。"安珀说。

叶绍茗从冰箱里倒出一杯牛奶，放进微波炉里加热。

"从越南来？"他问。

"美国。"女人把热了的牛奶递给女孩，看着她喝了，然后在沙发上坐了下来。

"千色是你的女儿，2027 年 6 月 10 日出生。我带了她的出生证，你可以计算日期。"安珀说。

嗡的一声，他的脑子里飞进了一窝蜜蜂。他看见安珀的嘴唇一张一合，却听不清她在说什么。后来，她递给他一张卡片，上面的每一个字他都认识，合起来他却完全看不懂。

"这是附近可以做 DNA 测试的诊所。假如你不相信，我们可以做亲子鉴定。"她说。

他突然被她话语里的那股凛冽和决绝激怒。

"为什么，到现在才告诉我？"他问道。

"这个问题，我们以后再慢慢说，我有别的，当务之急。"女人单刀直入，"千色患有自闭症，我想问你一下，你的家族里有没有这类病史。"

久已忘却的陈年旧事，突然涌了上来。少年时感受的羞耻，经过了三十多年的冲洗，竟然只洗去了浅浅一层皮，经不起轻轻一抠。

"假如不是因为这个，你根本就不会告诉我，对吗？"他问。

女人点了点头。

"永远不会？"

"永远不会。"女人的声音平静而坚决。

叶绍茗的额头上有一根筋在蠕爬，那是还没有找到出路的话。

"你特么，真的冷酷。"他在茶几上擂了一拳，茶杯跳了起来，早上没喝完的咖啡，在玻璃面上流出一条脏黑的细线。这是他平生第一次开粗口，对一个女人。

那头餐桌上的女孩突然尖叫了起来，把手里的书卷成一个筒，砰砰地砸着自己的额头，仿佛那是一块岩石而不是皮肉。安珀飞奔过去，紧紧搂住了女孩。女孩像困兽一样剧烈地撕扯挣扎着，扭头咬了安珀一口。安珀没有松手，只是对叶绍茗大喊了一声："我的行李箱，有一个本子，笔盒，在最上边，快！"

叶绍茗打开安珀的行李箱，找出本子和一

只装着五彩马克笔的盒子，递给安珀。安珀在女孩的耳边说："把你脑子里想的事，画出来，画出来，画出来，画出来，画出来……"安珀的声音越来越轻，轻得像催眠师的耳语。女孩渐渐安静了下来，安珀才松开手。叶绍茗看见安珀的手腕上，有一朵梅花在慢慢绽放，从浅红变成朱红——那是女孩的牙印。

叶绍茗拿出急救包，将安珀的伤口消毒包扎了。两人坐在地板上，一粗一细地喘着气。

"多久了，这个样子？"他问。

"从前只是不跟别的孩子玩，不爱说话。半年前开始自残，身上到处有伤。特殊儿童学校最有经验的老师，也对付不了她。她在场，对别的孩子也不安全。现在已经没有学校可以收她，除非送进那种，医院。"女人说。

叶绍茗无语。此刻若把他的脑子送入功能磁共振机器，扫描出来的成像，一定是一片燃烧的森林。每一个细胞体，每一条树突，每一根轴突，都在着火。所有关于大脑结构的理论，在此刻都是无稽之谈，因为没有一条脑沟，可以隔离局限这样混乱的火情。他捧着脑袋，等待着那轰然一声的爆炸。

"叶先生，请放心，我不是来问你要赡养费的，也不想影响你的家庭，假如你有家庭。从一开始，我就是打算独自抚养她的。"安珀说。

你只是一个，意外的精子捐献者。这是安珀想说而没有说出来的话。可以证明自己立场的途径很多，她没有必要使用涂着毒药的匕首。

他突然明白过来，女人误解了他的沉默。

"为什么不早来问我？本来事情可以不是这样的。"他说。

他突然意识到，他正在重复当年他父亲对他母亲说过的话。两番话像两株芽叶，一株和另一株看着相似，但底下的根，却不尽相同。父亲的根是责备，而他的却是自责，或许还有，心疼。

"我是说，本来可以不用发展到这个地步的。"叶绍茗解释说。

"我在新英格兰医学杂志的一篇科技综述上，看到了关于你们实验成果的一篇报道。"安珀说，"导致自闭症的确切原因，到今天还没有定论。目前的新说法，是大脑活动过于活跃，感官太敏感，从环境中接受了过多刺激。自闭症的大脑不像正常大脑那样，知道自动修剪不必要的神经连接，所以它会被信息湮没。你们的BR3芯片，就是基于这个原理，对自闭症大脑进行电磁干预，修剪过多的繁枝杂叶，让大脑可以专注在主要的任务上。"

安珀说这话时并不知道，最初让他对自闭症项目产生灵感的，就是他们在西贡咖啡馆的那次谈话。

"对开颅植入手术，我一直犹豫不决。但你们已经有了成功的先例。而且，你都看见了，我还有别的选择吗？"

叶绍茗沉默良久。震惊已经淡去，同情也已经麻木。震惊和同情之下，嶙嶙峋峋地露出另外一样他从未经历过的、一时还说不清楚的东西。这样东西，在看到女孩第一眼的时候，就已经在了。这样东西，是上苍公平地给了天下所有物种的，与生俱来，无须培植。

"她也是我的女儿。"叶绍茗说。

安珀转过脸去，不想看见他眼睛里的情绪。她不是为情绪来的，她不能让情绪拖延拦阻她要走的路。"我知道现在你们的等候名单很长，来自世界各地。我需要一条捷径，或者说，一扇后门。再拖下去，就会错过她大脑最有塑性的时期。这是我今天找你的，唯一原因。"

"妈妈，画，你看，画。"趴在餐桌上的女孩，已经完全忘记了刚才的暴怒，拿着一张纸，颠颠地跑过来给安珀看。女孩画的，是一个半人半兽的孩子，浑身赤裸，身上缠着一根绳子，一圈一圈的，像蛇。

叶绍茗万箭穿心。

≈≈≈

叶绍茗的故事讲到这里，千色突然大声嚷

了起来："我知道了，你们的芯片，是在车祸以前就已经植入我的脑子的。是为了治我的自闭症，不是因为车祸。"

叶绍茗轻轻叹了一口气："你的大脑里，有两个芯片，为不同的目的。"

第二十六个故事：

千色的记忆

讲述时间：2035 年 8 月

发生时间：2033 年 12 月—2035 年 4 月

吃过早饭，安珀和叶绍茗在千色身边坐下，正要开课，千色却先开口了。

"爸爸，昨天你讲到那个女孩画了一张被绳子缠住的画，我的耳朵就一直在嗡嗡响。早上起来，脑子就像被水洗过了，突然什么都清楚了。"千色说。

"那你，记起了什么？"安珀问。

"那个小陈阿姨，一直都在我们家。我从美国到这里后，爸爸就请她到家里照看我。"千色说。

"你还记得，刚开始的时候，你咬过她？"叶绍茗问。

千色歪着头想了想，才说："我咬过的人太多，记不全了。我烦她每天开饭的时候敲锅子。她什么丁点大的事都能笑，桌子上掉了一粒米饭，窗外飞进来一只蛾子，她都咯咯咯咯的，像个傻子。"

"你爸爸就是为了这个，才决定雇她的。你爸爸说家里很需要笑声。她烧的饭，其实真不怎么样。"安珀说。

"她说天下所有有营养的东西，味道都像木屑。"千色说。

安珀忍不住笑了："无知。除了小陈阿姨，你还想起了什么？"

"我现在，什么都想起来了。后面的故事，我可以讲给你们听。"

≈≈≈

我用指甲掐自己。妈妈隔两天就给我剪一

185

遍指甲，可是我还有牙齿。整齐干净、小兽般尖利的牙齿。牙齿是对付别人的，很少对付自己。对付自己时，我更喜欢用头。我用头撞身边的任何障碍物，家里的每一件家具角上，都包了厚厚的纸。可是世界太大，森林不够，妈妈的眼睛也不够，我总能找到盲角。洗澡的时候，妈妈的指头在我的伤疤和瘀青上跳着轻柔的舞蹈，每一步都伴随着叹息："这儿，这儿，这儿，还有这儿，你知不知道疼？"我茫然地看着，不懂她在讲什么。我的身体是一块铁皮，一条木板，或者一张塑料纸，和我的脑子没有什么关系。我脑子里有个魔鬼，在急急地寻找逃路，需要经过木板、铁皮，或者塑料纸。

后来我做了手术，植入了那个芯片，接着就是漫长的治疗和康复。你们带我去那个叫"唯心"的地方，他们问我各种各样古怪的问题，进行一轮又一轮的考试。适应性行为指数测试。这是他们给那些考试起的名字。后来有一天，"唯心"的心理医生告诉你们：我的指标达到了最优等级，我已经基本治愈，不会再产生自残倾向，但还需要长期观察跟进。我强忍着没有笑出声。其实，我仅仅只是知道了疼而已。知道了疼，我就不会再使用指甲、牙齿和额头。森林有救了，家具和墙可以太平无事。有一天，我无意间看见了爸爸放在餐桌上的账单，真是替爸爸不值。这么简单的事，却需要花那么多钱才讲得清楚。

其实远在"唯心"的人告诉爸妈之前，我就知道我已经好了，不仅因为我有了正常的痛感，还因为我对画画突然失去了兴趣。我的画本和彩笔盒子在桌角静静积攒着灰尘。当妈妈把我过去的画拿给我看的时候，我竟然完全看不懂画的是什么。"可能都是在记录你的梦境。"妈妈说。不，那不是我的梦。那是我脑子里的魔鬼做的梦。魔鬼走了。魔鬼已经是曾经的魔鬼。

爸爸个子很高，和我说话的时候，他弯着腰，我仰着脖子。后来他改变了姿势，把一条腿跪在地上，和我平视，这样我们都省力了。那段时间，爸爸几乎都不去上班，只有在团队汇报项目进展的时候，他才会去办公室一趟。他似乎对他一辈子挚爱的科学，突然失去了激情。"假如我一生的研究，都无法帮到我自己的女儿，那么即使我拯救了全世界，又怎样？"绝望的时候，他也说过这样的话。有时临睡以前，他会坐在我的床头，什么话也不说，只是静静地看着我。我问他在想什么，他会喃喃地说："没想到爸爸血液里的一只蚂蚁，爬到你身上，会变成一条这么大的毒蛇。"

假如妈妈也在，妈妈就会打断他："这事，不是你……"妈妈总不把话说完。没说完的部分，才是重点。我知道妈妈在说我的出生——她没有事先征求爸爸的意见。大人总是低估了孩子的理解能力，尤其是我这样的孩子。"唯心"给我测过两次智商，比爸爸低一点，却比世界上很多很多人都高。很多的意思，是95%到98%之间。80亿人的95%是多少？76亿。

76亿的人若是蚂蚁，会覆盖多少座喜马拉雅山？我不知道，也不觉得重要。我说了这个数字，仅仅是表示大人总是忽略孩子的理解能力，对我的智力水准，他们总是在不该记得的时候记得，不该忘记的时候忘记。

我知道他们都心怀愧疚。各有各的愧疚。爸爸为我，妈妈为爸爸，当然，也为我。可是，有谁问过我吗？有谁想过我是不是愿意带着一个半人半机器的大脑，行走在这个世界上？我在学校里，老师见了我嘀嘀咕咕，同学见了我嘀嘀咕咕，连操场里种的那片梧桐树，在我经过的时候也嘀嘀咕咕。所有的嘀嘀咕咕，都是关于我的，却都绕过了我。他们一定在想：这个女孩大脑里的那个芯片，会不会像定时炸弹一样，在上课的某一个时间突然炸响，把教室变成一堆瓦砾？它会不会在听到一句不顺耳的话时，突然从太阳穴里伸出两把尖刀，在五分钟内把操场沦为一个屠宰场，像一些科幻电影里的情景？

所有的人和我说话都小心翼翼。你昨天好吗？我很好。你今天好吗？我很好。这是一年级的孩子说的话吗？没有人会告诉我他家里的秘密，更没有人会和我过不去，把我越界的铅笔盒推回到我这边来，在上厕所的时候和我抢位置。他们看着我的眼神，好像我是一件景德镇瓷器。无论我怎么不讲道理，都没有一个人敢和我吵架。没有秘密、没有争吵、没有嫉妒、没有抢夺，这样的童年还是童年吗？我的爸爸妈妈用一个芯片，直接把我送入了孤独的老年。

你们没有问过我：我要不要出生？你们真正需要愧疚的，不是遗传，而是在遗传还没有发生的时候，你们，不，是妈妈你一个人，做出的那个决定。我被你毫无选择地带到了这个世界上。

我做完手术后，需要一长段时间的训练和观察，芯片的编程，需要根据我的情况实时更新。妈妈几乎每隔两三个星期，就飞来一趟中国，就像我两岁时她需要频繁地飞往越南那样，有时仅仅是为了和我待一个周末。那段时间里，我觉得妈妈在空中和机场候机室里度过的时间，远胜过在波士顿郊外那个叫剑桥的小镇里的那间公寓度过的时间。

后来我发现爸爸和妈妈也开始嘀嘀咕咕，绕开我，在另一个房间，关上门。我知道他们在吵架。他们是科学家，很少允许情绪泛滥。他们吵架也是安安静静的，轮番说话，你说完了我再开口，不随便插嘴。他们也有指甲和牙齿，但是他们的指甲和牙齿不是我的指甲和牙齿，他们不会自残，也不会相互残杀。可是，无论裹上多少层外衣，吵架还是吵架。

我知道他们是为了我。妈妈以外国专家身份，加入了我的治疗团队，但是妈妈的正职在美国，在麻省那家世界闻名的医院里。妈妈不能这样长期两头奔波。妈妈想带我回美国。

可是爸爸不同意。"我才刚刚认识她，她正常的日子，还那么短。我想好好做一做她的父亲。"爸爸说，"她的医生，她的康复环境，都在这里，请不要再把她连根拔起。"爸爸在"再"字上画了一个重点。

就像我的出生一样，在我的归属问题上，他们也没有问过我的意见。我像是他们的一件行李，由他们决定到底该存放在哪里。

他们的每一次吵架，都会结束在"下一次，我们再谈"上。下一次很快就到了再下一次，再再下一次，一晃间我即将上完小学一年级。妈妈的耐心终于磨穿了，于是，就有了那一场爆发……

"千色，别讲了，求求你！"安珀突然像一件被大雨淋湿的旧衣服那样，瘫软了下去。

第二十七个故事：

本该是开头的结尾

讲述时间：2035 年 8 月

发生时间：2035 年 4 月

"安珀，我知道你不想回到那一天的场景，我也不想。假如我们能从日历上将那一天撕去，那该多好。可是世上的日历太多，我们撕不完。即使我们撕去世界上每一本日历，上帝手里还攥着一本，那是谁也够不着的。那天发生的事，有一部分是连你也不知道的。所以，在我还有时间的时候，我必须和你，还有千色，讲一讲那天的事。"叶绍茗说。

"那天你从美国飞来，我们不可避免地又进入了关于千色去向的话题。这个话题，我们车轱辘似的，到底转过了多少个轮回？几十次？几百次？我知道你的耐心，已经磨得很薄。最初你是非常耐心的，你在耐心地等待芯片在千色的大脑里，一点一点地生长奇迹。可是奇迹一旦成为现实，你就想带她回去。你开始焦急。你的耐心从厚实磨到稀薄，是一个渐进的过程，而从稀薄到彻底磨穿，却只是一瞬间。这是我没有想到的，我总觉得还有下次，下次也许会有转机。其实那天，我没想再次进入那个车轱辘循环。那天我想告诉你：我做了两个决定，很大的决定。"

"那天在我的公文包里，有一份盖着实验基地钢印的聘书，聘任你为我们的首席脑神经科学家。我知道你所在的医院是国际顶尖的，你现在从事的，是脑神经科学最前沿的研究。我们的基地也是顶尖的，我们是人工智能科学的顶尖。这几年的突破，你一直在跟踪。假如你的顶尖和我们的顶尖交汇，想象一下两座珠穆朗玛峰的高度，你会动心吗？"

"我的公文包里，还有一个黑丝绒的盒子，里边装的是一枚戒指。一粒不算大的钻石，素净地镶在白金圆环上。说句老实话，我并没有花太多的时间挑选款式。秘书给我推荐了她们女孩子都知道的一个网站，我翻了头两页，就看到了一枚顺眼的。不怎么贵重，却是一个四十六岁的单身男人平生第一次动的结婚念头。你和我都是坚定的不婚主义者，我们害怕的，是同一件事：我们给不起时间。可是假如你和我在一起，我们完全懂得时间的意义，不会把它耗费在琐碎的仪式和纷争上。天下还会有我们这样的绝配吗？我们不会用感情绑架彼此，不做情绪的奴隶。我们会省去世上夫妻间一切争吵、道歉、和好的过程。天下不会有另外两个人，像我们那样理解彼此的需要。"

　　"最重要的一点，是我们的女儿千色。那天你把她带进我的公寓，我看见你被她咬住，像狮子那样的咬法，你却死死不肯松手，我就知道你是真爱她的。我对自己基因里的那个污点一直心怀愧疚，但说起来也很惭愧，我有时也暗暗感激那个污点。若不是因为它，我也许一辈子都不会知道有千色，她也不会知道有我。但现在我们已经彼此知道了，就绝无可能再回到无知。我们的女儿，应该在有母亲的同时，也有父亲。"

"我想用这三件事来说服你，劝你留下，可是我选错了时间。在我终于决定开口的时候，你的耳道已经长满了荒草。那天我刚说了一句'我想留下千色'，还没来得及打开公文包，你就拖着你的拉杆箱，冲出了门外。那天的你完全不像你。失去了耐心的人都不像自己。耐心是牵制情绪的绳索，绳索断了，一切情绪就如同洪水猛兽，没有哪道堤坝能阻拦得住。"

"那天外边下着雨，我很久没见过这样大的雨，仿佛天被戳漏了。但凡人生要发生一件大事，总会伴随着一场大雨，一场大雪，或者一场战争。雨水像一根根斜抽过来的鞭子，把你抽得体无完肤。你没有返回来取伞，你像逃离身后紧追的杀手似的，在大雨里疯狂奔跑，脚步溅起一片水花。我把千色匆匆塞进车里，开车去追你。后边的事你们都知道了。路太滑，另一条道上有一辆载货卡车在拐弯时失去控制，车顶上的钢管甩了出去，跌落到我们的车顶。"

"我和千色被立即送进我们基地的附属医院。两个急救室里，进行着两场截然不同的手术。在千色的手术室里，他们在尽力修补破碎的身体。而我的身体，已经无可修补，他们想救的，是我的脑子……"

"你，你是谁？"千色的声音绽开了无数条裂缝，因为她突然看见了眼前的一切。她对面站着一个人，长着她父亲的脸，却比她父亲矮了一截。黑色T恤衫的领口，露出一截金属脖子。牛仔裤之下赤裸的双足，是两坨没有脚趾的闪着银光的金属，像商场橱窗里模特儿的样式。一个奇怪的，她认得又不认得的男人。

世界陷入死一般的沉寂，空中的飞尘，突然有了嘤嘤嗡嗡的响声。安珀捂住了千色的眼

197

睛："别怕，你听，那是他的声音。他是，你的父亲。"

一阵嘎啦嘎啦的细微声响，是那只金属颈脖在转动头颈。

"请不要打断我，我只有三十分钟。在我和千色产生眼神对视，也就是千色恢复视力时，我身上的程序，三十分钟后就会自动关闭。"

千色掰开母亲的手，怔怔地看着那个自称是她父亲的怪物。

"千色，那天我被送到医院的急救室时，已经停止呼吸。我全身的器官都已经衰竭，再无可补救，但是我的大脑还活着。他们进行了紧急移植，把我的大脑，接入了智能机器人的身体，这就是你看见的我，一个金属人。"

"我没想让自己成为这样的人，可是我必须活着，亲身参与你的救治和康复。你的脑子里有两个芯片，世界上还没有过这样的先例。我要保证它们不会相互干扰，也要监控编程的更新。你是我愿意以这个样子留在世界上的唯一理由。但我不想让你每天面对这样的我，听见我身上马达的粗野呼吸声，看见我每一次扭动身躯时的荒诞姿势，所以我才设置了三十分钟的滞后，让我把话说完就走。我每天都盼望着你能恢复视力，也每天都惧怕这一天的来临，因为你看见我的时候，也就是我离开你的时候。"

安珀打开手机，飞快地在通讯录中寻找她想找的名字。她持手术刀在细如发丝的脑神经丛林中自如行走的手，此刻却像风中的落叶般簌簌颤抖。

"安珀，别浪费时间了。掌控我行为的，是我自己写的闭源软件，使用的是我自创的语言，没有人可以进入，做任何修改。你还是安静地，听我把话说完。"

"千色，我和你妈妈让你在魔鬼般的训练中，失去了许多你这个年纪该有的快乐。我不知道让你找回记忆是不是一件好事。也许，给你输入记忆是我们的自私想法，是我们害怕自己在世界上留下的踪迹，会随着你的失忆而彻底消失。我知道你到现在也还在怀疑，我们强塞给你的记忆是不是真实的。我发过誓，会以我的生命担保，现在是我兑现诺言的时候。假如我的消失，能让你相信我们的话，那我的目的已经达到。我们没把实情一下子全告诉你，是为了让你有时间慢慢消化，不至于被太多的真相窒息。我唯一对你隐瞒了的，是我的机器人身体。"

"爸爸！"千色泣不成声，"我早就，信了。"

机器人缓缓地转向安珀。"我还有一点遗憾，没有告诉过你。是你让我知道了，除了脑子，身体也是可爱的。在那条叫千色的河边，你教会了我，欣赏身体。可就在我懂得从你的身体里享受快乐，也让我的身体给你快乐的时候，我却失去了我的身体。幸运的是，我们留下了千色。她身上，有你母马一样的生命力，破碎了多少次，都活了下来。基因的力量啊……"

"绍茗，你听我说一句，那天我情绪失控，是因为……"

"滴"的一声，电源自动关闭了。叶绍茗的双手扭动了几下，进入了静止状态，眼睛慢慢合拢。

　　"……是因为我等你那枚戒指，等得太久了。"这是安珀没能说完的后半截话。

2075 年 12 月:

一场主角缺席的颁奖典礼

在多伦多北约克区的一间公寓里，一个中国女人正在观看一场现场直播的颁奖典礼。这是国际人文科学艺术联盟的一个非虚构文学大奖，获奖者是一位叫 Kaleido Chen 的女作家。说她是作家似乎有点勉强，因为除了这本书，她没有写过任何文学作品，业内几乎没有人认识她。

获奖的作品是一本名为《只有铭记，才可永存》(*What's Remembered Gets to Live*) 的书。这本书以日记和随笔的形式，详细记录了作家的一段奇特的童年生活经历。Kaleido 是世界上最早受惠于多重人机接口技术的人：在她的大脑里有两个芯片，用于干预她的自闭症症状和恢复她由于车祸而失去的记忆和视力。而她已经过世的父亲，则是世界上第一个将人脑成功移植到智能机器人身体里的人。

"一个拥有'机器大脑'的女儿，一位寄居于机器人身躯里的父亲，和一位 100% 正常人类的科学家母亲，共同创造了一个脑神经科学和智能科技相融汇的奇迹。当时的奇迹，在今天已经是人类生活的日常。Kaleido 用敏锐而独具一格的文字，记录下了一段人类探索科学边界的历史。她在描述科学给人类带来裨益的同时，也尖锐地揭示了人工智能对人类生活的强悍入侵。科学的终点到底是上帝还是魔鬼？记忆会怎样重塑个人生活？记忆和存在之间，到底是一种什么样的关系？四十年后的今天，这依旧还是人类热议的话题。Kaleido 的书写，对人类几千年积累的智慧和常识，发出了令人深思的叩问。"这是主办方的颁奖词。

获奖者没有出席典礼。代替她领奖的，是

出版社的编辑。编辑介绍了作者的身份背景，与会者才知道这位获奖作家，实际上是一位大学心理学教师，她研究的领域是梦境与思维及行为之间的关系。这本被归类在非虚构文学作品里的书，只是一部与她的专业领域毫无关联的私人记录。她完全没想到这本书会被翻译成三十六种语言，为她赢得一个全球著名的文学大奖。

编辑告诉与会者：Kaleido 没有亲临颁奖现场，是因为她觉得这不是她该得的奖项。"那是颁给马的奖，而我却是一头牛。让马和牛都待在各自应该待的地方，世界会安静一些。"编辑转述了作者的原话，引来哄堂大笑。

住在北约克区的那个中国女人，看着自己的巨幅照片被投射在颁奖典礼的大屏幕上，轻轻地叹了一口气。她的两部学术专著手稿，经过了七七四十九轮修改，依旧还在大学出版社编辑的桌子上，遥遥无期地等待着面世的那一天。而她那本未带任何期望值的回忆录，却像野火一样烧红了一片天空。

那年她四十八岁，已经在副教授的位置上待了整整十五年。由于她的学术发表数量不够，在大学体制里的晋升希望渺茫。天才的后代，只是芸芸众生中的一个常人。一加一不等于二，更不大于二。一加一甚至小于一。这就是遗传不可破解的奥秘。

痴人说梦
——《种植记忆》创作谈

近一二十年科技的迅猛发展，在不断打破人类想象力的边界。智能机器人在运动功能和情绪价值两大方面，都有了本质性的突破；人工智能更是渗入了人类生活的每一个角落。2023 年马斯克 Neuralink 公司的脑机接口技术（Brain-computer interface），首次运用于人类临床试验，成功将芯片、电极等装置植入一位瘫痪病人的大脑中，通过电脑连接，完成了失去运动机能的肢体所无法实现的任务，比如玩电子游戏，使用社交媒体……可以预见在不远的将来，盲人看见、肢残者行走，将不再是神话故事里的场景。

这样的前景让我感觉无比兴奋，但兴奋之余，也有些隐隐的担忧。假如科技可以轻易读取大脑的运动神经信号，那么谁能保证它不会侵入人类情感的隐秘空间，窃取一个人最私密的、也许永远不会演变为行动的一闪念？或者拦截人类根本无法靠意志操纵的梦境？假如有人截取了这些信号（无论是恶意的黑客，还是植入了脑机接口芯片的其他病人），那么人类的一切想法，就会毫无防护地赤裸裸地展现在公众视野之中，再无隐私可言。想到此，我不寒而栗。《种植记忆》中"千色"因为害怕梦境被人拦截而不敢入睡的场景，就来自我内心的惶恐。科技给人类带来巨大的福利的同时，也可能制造出同样巨大的潜在危险。就是这种兴奋和恐惧交织的复杂情绪，让我萌生了写一部以脑机接口技术为切入口的小说。

碰巧我对记忆这个话题也有着无限的兴趣。我在好几部小说里都探讨了记忆和真相、记忆和梦境、记忆和失忆之间的关系。失忆到底是病理事件还是心理事件？还是披着病理外衣的心理事件？记忆是主观而不可靠的，记忆时时在有意无意地扭曲着现实。也许，失忆是对记忆的强烈失望和本能的抗拒？《种植记忆》给了我一个很好的机遇，让我可以在记忆的话题之上铺陈一层神经生物学和人工智能的外衣，把几个话题包装在一个躯壳里。

我几乎没读过什么科幻小说，也从未想过有一天自己会写一部科幻小说。其实，这部小说几乎说不上是科幻小说，它应该是带了一些科幻元素的纯小说。我之所以敢于一头栽进去，胆气也许来自我对小说这种体裁的认识——科幻小说的本质依旧还是小说。我写过多年小说，人物塑造，情节、结构、节奏和悬念的铺陈，我对这些元素并不陌生。这部小说和以往小说的不同，只不过是在内容上多了一层科技的皮肤。我想让这部痴人说梦似的小说对今天的现实产生某种警示，让其中的人物具有任何小说都应该具备的细节和情绪，让他们通过记忆这个话题产生一些文学作品中常见的理解、误解和冲突。这就是我写《种植记忆》的初衷，尽管我不知道我有没有抵达设想中的目的地。